KB076882

무기력을
극복한
카이 이야기

무기력을 극복한 카이 이야기

발행일 초판 1쇄 발행 2023년 5월 5일 | **지은이** 박정혜 | **펴낸이** 최현선 | **펴낸곳** 리커버리 |
주소 경기도 시흥시 배곧4로 32-28, 206호 (그랜드프라자) | **전화** 070-7818-4108 |
이메일 recovery_a@daum.net

ISBN 979-11-982606-1-1(03180) |
책값은 뒤표지에 있습니다. 잘못 만들어진 책은 구입하신 서점에서 교환해드립니다.

회복을 위한 책의 모든 것, 리커버리

무기력을
극복한
카이 이야기

풀리지 않았던
삶의 비밀을 풀어낸
열두 번의 만남!

박정혜 지음

이 글에 나오는 인물들은 심상 시치료 프로그램에 직접 참여하였으며 본문의 내용은 사실에 근거하여 진솔하게 기록하였습니다. 참여자들의 동의를 얻어 책으로 엮었으며, 이름은 가명을 사용하였습니다. 참여자들을 보호하기 위해 개인적 상황은 다소 각색하였으나 모두 사실임을 밝힙니다.

추천사 하나

빛을 향해 걸어가는 마음여행

마음속 내면의 빛을 찾은 치료사가 있습니다. 그 역시 과거 어둠의 시절에 갇혀 지낸 적이 있습니다. 어둠 속 두려움과 고통을 아프게 경험했기에 삶의 어둠에 갇혀 고통 받고 있는 사람들의 마음을 누구보다 잘 이해합니다. 그는 어둠 속 두려움에 갇히지 않았고 마침내 마음속 깊은 곳에 항상 빛나고 있었던 치유의 빛을 발견하였습니다. 기쁨과 감사와 감격의 순간이었겠지요. 시인과 소설가였고, 간호사와 문학치료학 박사였던 그는 '심상 시치료'라는 통합적 치료 방법을 창안하여 내면의 빛을 찾도록 도와주는 심상시치료사, 내면의 빛 탐색자요 안내자로서의 소명을 감당하고 있습니다.

'카이 이야기'는 무기력한 삶을 살며 죽고만 싶었던 카이가 떠난 마음속 여행 기록입니다. 무기력하고 의미 없는 삶에서 의미 있고 생기 있는 삶을 향한 빛으로 안내한 이야기입니다. 카이의 마음 여행은 값비싼 세계 일주 여행보다 훨씬 더 큰 행복과 즐거움, 삶의 의미와 가치를 선사했을 것입니다.

삶의 어둠에 갇혀계신 분들, 마음속 빛을 찾고 싶은 분들, 심리치료와 상담을 하고 계신 분들에게 적극 추천하고 싶은 책입니다. 마음여행 기록을 보는 분들도 카이와 같이 내면 깊이 감춰져 있는 빛을 찾는 기쁨과 평화를 누리시길 바랍니다.

김춘경(경북대학교 생활과학대학 학장 & 대한문학치료학회 학회장)

추천사 둘

내 마음의 빛을 찾아 가는 마음여행

인간의 마음은 우주와 같이 무궁합니다. 누구도 마음을 완벽하게 탐험할 수는 없습니다. 다만 짐작하고 더듬어갈 뿐입니다. 그렇지만 터널을 통과하면서 끝에 다다를 즈음 빛이 쏟아지는 것처럼 어느 순간 깨닫게 됩니다. 터널 안에서는 참으로 아득하기 이를 데가 없습니다. 그런 어둠을 헤치고 나갈 손을 내민 든든한 치료사가 있습니다. 그가 만든 '심상 시치료'라는 독특한 치료 방식으로 카이는 여행을 떠났습니다. 함께 걸음을 옮기던 카이는 마침내 하나의 터널을 통과했습니다. 이 책은 삶의 무수한 여행 중에서 특히 무기력했던 삶의 경험을 담은 기록입니다. 삶의 의미를 발견하지 못한 채 무기력한 일상을 살아야 했던 카이, 심지어 삶을 마감하고자 숱한 시도를 했던 카이의 모습이 참 눈물겹습니다. 늘 힘들고 어둡기만 했던 마음 정중앙에 사실은 숨겨진 빛을 간직하고 있었다는 사실을 깨달은 후에야 카이는 비로소 삶을 긍정하기 시작합니다. 풀리지 않았던 삶의 비밀을 풀어낸 카이의 이야기뿐만 아니라 훨씬 더 많은 부분에서 감동을 주는 책입니다. 그리하여 책에서 만나는 카이는 이 글을 읽는 분들의 또 다른 내면의 나일 수 있습니다. 진솔한 마음 여행기를 통해 미처 알지 못했던 내 마음도 함께 탐험하고 싶은 분한테 안성맞춤인 책입니다. 부디 무기력하게 하루하루를 의미 없이 사는 분이 계시다면 꼭 읽어 보시기를 권합니다. 더불어 전인격 치유에 대해 깊이 고민하는 상담사들에게도 반드시 읽어 볼 것을 권합니다. 자 그럼, 책장을 열고 마음 여행을 떠나볼까요?

천영훈(인천 참사랑병원장, 정신건강의학과 전문의)

들어가는 글

살고 싶은데 죽고 싶습니다. 이대로 살다가는 제대로 살 수 없을 것만 같습니다. 이렇게 살 수는 없는데 어떻게 살아야 할지 알 수가 없습니다. 살긴 살아야겠는데 이런 삶은 아닌 것만 같습니다. 이렇게 살려고 태어난 것은 아닌데, 이렇게 살고 있습니다. 그러니, 살아갈 즐거움도 살아갈 기운도 없습니다. 사는 게 사는 것이 아닙니다. 죽으려고도 해봤지만 잘 죽지도 않았습니다. 그러니 세월을 죽치고 있다가 족치고 싶어집니다. 내가 내 삶을 족치기로 작정합니다. 그게 잘못되었다는 생각도 하지 않습니다. 이유를 대자면 끝이 없을 지경입니다. 그런데도 이제 모든 것이 귀찮기만 합니다. 고민도 의문도 의혹도 모조리 패대기칩니다. 해야 할 것도, 하고 싶은 것도 없습니다. 욕심을 낸다고 되는 일도 없으니까요. 기회나 행운도 비켜 가기만 합니다. 머리 위에는 늘 먹구름만 가득합니다. 한

줌의 햇살도 관용을 베풀지 않습니다. 이제 원망이나 원한 같은 감정도 아득할 뿐입니다. 어디에서부터 어긋난 것일까요? 호수에 뛰어든 돌멩이가 잠시 일으키는 파문마저도 부럽습니다. 나 따위는 사라져봤자 세상은 눈 한번 깜짝하지 않을 테니까요.

어떠신가요? 당신도 이런 마음이 들 때가 있으신가요? 우리나라 국민의 10명 중 4명은 우울합니다. 우리나라의 우울증 유병률과 자살률은 경제협력개발기구 국가(OECD) 중 1위입니다. 십 대와 삼십 대 사망원인의 1위가 자살이기도 합니다. 사실 코로나 팬데믹 이후 세계 각국에서 우울증과 불안증의 발생은 2배 이상 증가하고 있는 추세입니다. 게다가 우리나라의 경우, 21세기 들어서 10년 만에 우울증은 100퍼센트나 상승했습니다. 대부분 우울증을 가벼운 마음의 감기라고 여기고 적극적으로 대처하지 않습니다. 다만 약에 의존하는 것이 아니라 마음을 들여다보고 다스릴 수 있는 정신·심리 치료가 필요하지만, 그렇게 하려는 시도조차 하지 않지요. 최근 결혼과 출산율이 저조한 것도 사실 '우울'과 관련이 있습니다. 성인 인구를 기준으로 보자면, 3명 중 1명이 우울증이니까요. 미래를 계획하는 것은 마음에 과부하가 걸리게 합니다. 현재를 사는 것도 빠듯하기만 하니까 앞날을 생각할 겨를이 없지요. 더군다나 누군가와 함께 꾸리는 가정이라니요! 혼자만 살아도 버거운데 같이 사는 삶은 상상하기도 싫습니다. 우울의 특성은 '희망'을 상실하는 것에 있습니다. 삶 자체를 암담하게 낙인 찍기 때문에 건설적인 계획을 할 수가 없지요. 사실 우울은 '화'가 자신의 내면을 향해 있기에 일어나는 작용입니다. '화'를 밖으로 표출하면 폭력이 되지만, 안으로 들어오면 자신한테 해코지하는 것이 되지요.

그렇다면, 왜 화가 났을까요? 다양하고 다채로운 상황으로 '화'가 일어납니다. 되는 일이 없고, 뜻한 대로 되지 않고, 뜻하지 않은 일들이 생겨나고, 억울한 일들을 당하게 되고, 한 치 앞을 모르는 불안한 삶, 가지려고 발버둥 쳐도 잘되지 않는 것에 대한 감정을 한마디로 하면 '화'입니다. 화를 가만히 내버려 두면 점점 마음에 뿌리를 뻗어내리게 됩니다. 그러다가 급기야 자신을 괴롭히게 되지요. 인구감소의 위기를 극복하기 위해서는 출산만 장려하는 것이 아니라 우울과 자살률을 줄이는 특단의 대책이 필요합니다. 그러지 않는다면, 밑 빠진 독이 될 것입니다.

카이는 오랫동안 무기력했고, 우울증에 시달려 왔습니다. 자살을 자주 시도했고, 늘 자살을 노리고 있습니다. 카이가 가진 무기력의 진원지는 침몰하는 가족의 분위기에 휩싸인 '자신'한테 있었습니다. 카이는 오랫동안 화를 품어왔기 때문에 스스로 영혼의 안식처를 폐쇄한 채 지냈습니다. 여차하면 이 세상을 훌쩍 떠날 것처럼 살아왔습니다. 모든 것이 덧없고 허무하기만 했습니다. 카이는 살아있는 좀비처럼 지냈습니다. 그러다가 12회기의 심상 시치료 프로그램을 경험하고 나서 카이는 새로 태어난 사람처럼 환해졌습니다. 세상은 그대로인데 세상을 바라보는 잿빛 안경을 벗어 던지게 된 것이지요.

그렇다고 무턱대고 세상을 그저 좋게만, 좋은 게 좋은 식으로만, 대강과 대충의 방식으로 살아가자고 결론 내린 것은 아닙니다. 운명에 억지로 끌려가는 삶, 스스로 어떻게 할 수가 없는 삶, 아무런 영향력을 행사할 수 없는 것이 삶이 아니라는 사실을 깨달은 것입니다. 엿 같은 세상이지만, 세상을 뱉어내지 않고 맛나게 사는 탁월한 비법을 알게 된 것이지요. 어떻게 그게 가능하냐고요? 글쎄요. 카이도 해냈으니 당신도 해낼 수 있을 겁니다. 오랫동안 다져져서 단단해진 화가 녹아서 물이 되어 바다로 흘러가는 멋진 비결을 이제 당신도 경험해보시기 바랍니다. 놀라지 마시기 바랍니다. 카이가 간 길을 따라 걷다 보면 살아있다는 것이 너무나 눈부시고, 삶은 축복이고 축제라고 여기게 될 테니까요.

2023년 봄

박정혜

목 차

프롤로그

자꾸만 죽고 싶은 카이

카이는 스물한 살이다. 대학 1학년 재학 중에 입대했다. 신체검사에서 1급을 받고 훈련소를 거쳐 자대에 배치받았지만, 적응하지 못했다.

부대에서 면도칼로 손목을 그었다고 했다. 군 병원에 입원했는데 우울증약만 줬을 뿐, 제대로 상담하지는 않더라고 했다. 병원에서도 손목을 네댓 번 그었다. 잠도 잘 자지 못했다. 소등 시간인 밤 10시를 훌쩍 넘기기 일쑤였다. 엎치락뒤치락하다가 자정 무렵 즈음에 겨우 잠이 들어서 새벽 4시에는 눈을 뜰 정도였다. 입대 전에는 그렇게까지 심하지는 않았지만, 입대하고 나서는 깊은 잠을 자본 적이 한 번도 없었다. 그러다가 입대 6개월 만에 조기 제대하고 말았다.

지금은 공익으로 가기 위해 병무청 발령 대기 중이다. 조기 제대로 군에 대한 반발감과 두려움이 일단락되는 것 같았다. 그렇지만 일상생활이 잘 안될 만큼 불안한 마음이 계속해서 들었다. 이러다가는 도저히 제대로 살아나갈 자신이 없을 정도였다. 그래서 자신의 마음을 알아봐야겠다고 생각하게 되었고, 그렇게 해서 지인의 소개로 센터를 찾아오게 된 것이다.

카이가 기억하는 한, 그는 중학교 3학년 때부터 학교에 잘 적응하지 못했다. 수업 시간에 엎드려 잠만 잤다. 고등학교 입학 후에는 야간 자율 학습이 너무나 하기 싫어서 힘들었다. 학교 내 상담 프로그램인 '위클래스'에서 권유받아 매주 한 번, 1년 동안 상담받기도 했다. 그렇지만 기억에 남는 것은 없다. 당시 일주일 동안 있었던 일을 이야기하곤 했는데 맥 빠지는 이야기만 했다고 한다. 게다가 상담하고 나서는 오히려 머릿속이 복잡해지곤 했던 기억만 있을 뿐이다.

고등학교 1학년 때부터 지금까지 소중한 친구가 다섯 명 있다. 만나면 주로 인터넷 게임을 하며 노는 친구들이다. 카이가 고등학교 2학년 때 부모들은 이혼했다. 최근에 아빠가 만나는 여자가 있는데 급기야 집으로 들어와서 같이 지내게 되었다. 그게 군대 가기 직전이었으니 6개월 전 즈음이다.

아버지와의 관계는 딱히 좋지 않다. 서로 대화가 없는 편이다. 아버지는 일이 끝나면 늘 술을 마신다. 매일 소주 한 병 정도를 마신다. 아버지도 그렇지만 카이도 술을 마신 뒤에는 난폭하지는 않고 조용한 편이다. 원래 아버지는 화가 나면 말을 안 하는 성격이다. 엄마가 속앓이하면서 혼자서 해결하다가 속상한 부분이 쌓여서 이혼한 것이라는 생각이 든다. 엄마, 아빠가 오래전부터 서로 많이 부딪히고 싸우고 그러면서 서로 간의 신뢰가 깨졌을 것이라 여기고 있다. 부모가 이혼한 뒤 처음으로 엄마한테 연락한 적이 있다. 군대 가기 전쯤이었다. 그렇게 만나서 같이 밥을 먹었다. 군대에서 너무 많이 힘들어서 엄마한테 한 번 더 전화했다. 모든 것을 포기하고 싶다고 하니, 포기 안 하면 좋겠다, 그러면 더 힘들어진다고 엄마가 말했다.

무엇이 가장 힘드냐고 물어보면, 카이는 이렇게 말했다. "억압받고 통제받는 것이요." 그것 때문에 힘들었다는 거였다. 오래전, 고등학교 1학년 때부터 항상 자살하고 싶었는데, 시도는 군대에서 처음으로 했다. 요즘 왜 살아야 하는 건지 모르겠다는 말을 여자 친구한테 했더니 상담을 꼭 받아보라고 권유했다. 아버지한테도 얘기했는데 아버지는 "넌, 원래 그런 애야!"라고 했다. 실은, 이틀 전에도 아버지와 싸웠다. 원래 자신은 많이 참는 편이다. 군대에서 나와 한 달가량은 집에 들어가기도 싫었다. 리모델링한 집은 사실, 적응이 잘 안되었다. 옷방이 따로 있었는데 그걸 안방으로 만들어버렸다. 동생 방에서 카이가 자고 동생은 거실에서 잔다. 아버지와 동거하는 이모라고 부르는 분은 밥도 안 차려준다. 밥 정도는 차려줄 수도 있을 텐데 매몰차다. 그런 이모는 아버지 앞에서라면 티 나게 다정하고 살림도 잘하는 척한다.

이틀 전에 싸움의 정점을 찍었다. 그날 아버지가 교통사고를 냈고, 상대편이 많이 다쳤다. 재판으로까지 넘어갈 예정이었다. 그날은 마침 카이가 최근에 시작한 아르바이트를 하는 음식 가게가 쉬는 날이었다. 아버지가 운영하는 철물점을 좀 봐달라고 부탁해왔다. 꼭 가야 하냐고 전화에서 말했더니 아버지가 장난하냐? 라고 했다. 싸움이 번져서 말다툼까지 하게 되었는데, 아버지가 나가라! 필요 없다, 죽어버리고 싶으니까 얘기하지 말자고 했다. 중학교 3학년 때, 아버지한테 한번 맞은 적이 있다. 실업계 고등학교에 진학할 생각이었는데 아버지가 인문계 고등학교를 가라고 해서 주장을 굽히지 않고 말하다가 맞았다. 등산용 스틱이 부러질 때까지 맞았다. 이것저것 짚으며 생각해보니, 집이 망해가는 느낌이 든다. 경제적으로도 그렇고 느낌도 그렇다.

군대에서 가장 힘들었던 것은 단연코 '통제'였다. 모두 똑같은 시간에 일어나고 억압을 받는 것이 힘들었다. 아버지가 운영하는 철물점 일은 간혹 도와드리곤 했다. 아르바이트 일을 하게 되면서 고단해서 쉬고 싶어 최근에는 잘 도와주지 못했다.

첫 기억을 말해보자고 했다. 카이는 기억이 잘 나지 않는다고 하다가 잠시 후 이렇게 말했다.

"일곱 살 때였어요. 씽씽카라고 불리던 킥보드가 있었는데, 그걸 타고 오르막길을 가다가 웅덩이를 만났어요. 거기를 지나가면 어떨까 궁금해서 웅덩이를 갔는데, 씽씽카가 양쪽으로 분리되어 부서졌지만 저는 안 다쳤어요. 손잡이와 발판이 분리되었지만, 신기하게도 넘어지지는 않았어요. 지금 당장 떠올린 기억이에요. 옛날 기억들이 잘 나지 않아요. 어릴 때도 그렇고, 몇 주 지난 일도 기억이 잘 안 나고……."

강렬한 기억이었다. 웅덩이를 보았을 때 카이는 호기심이 일어났다. 웅덩이를 지나가면 어떨지 궁금해하면서 그쪽으로 뛰어들었다. 그 순간, 씽씽카가 죄다 분리될 정도로 부서지는 사고가 일어났는데 놀랍게도 다치지 않았다. 스스로 '신기하다'라고 말할 정도다. 자칫하면 크게 다칠 수도 있었을 순간이었다. 카이가 다치지 않은 것은 순전히 운이었을까? 카이가 그 기억을 하는 것도 우연일까? 이 첫 기억이 인상적인 것은 웅덩이로 뛰어들려고 마음먹고 그렇게 한 카이. 그러다가 망가진 씽씽카. 그런데도 다치기는커녕 넘어지지도 않은 카이 이야기이기 때문이다. 그러니까 '넘어지지 않은' 카이인 것이다.

카이는 지금 숱하게 넘어지고 있다. 카이의 마음은 더없이 절망적이다. 단적으로 '죽고 싶다'라는 말로 축약하고 있다. 그야말로 웅덩이 안으로 뛰어 들어간 것이다. 그런데도 넘어지지 않은 첫 기억의 놀라운 이야기를 하고 있다. 그야말로 놀라웠다!

"손목 그은 것은요. 그렇게 하는 걸 보여주고 싶다는 마음도 있어서 한 것이거든요. 울고 싶은데 눈물은 안 나오고 상처라도 나면 아파서 울 수 있지 않을까 해서였어요. 동기들한테는 손목 그은 것을 안 보여주고, 행보관님과 군의관님한테만 보여줬어요. 원래 군대라는 게 의심부터 하고 보는 데라서…… 그다음부터는 또 그럴지도 모른다며 저를 눈여겨보더라고요. 사실은 항상 죽고 싶다는 생각을 하고 있어요. 매번 다른 방법으로 생각하고 있어요. 자연스럽게 자꾸 죽으려는 생각이 들어요. 최근에는 그런 상황보다는 어떤 사건이 일어나서 저절로 죽기를 바라고 있어요. 차에 치이거나 돌연사하거나. 그렇게 되면 편할 것 같아요."

정신건강의학과에 찾아가면, 정신과 의사는 우울증이라고 진단할 것이다. 그런 진단보다 중요한 것은 따로 있다. 자살하고 싶다고 생각했던 고등학교 1학년 때, 혹은 그 이전으로 마음이 멈춰 있다는 사실이었다. 부모의 불화와 이혼에 대해 여러 부정적인 기운을 고스란히 받아온 카이. 힘들고 아파도 속 시원하게 하소연할 수도 없었을 것이다. 고등학교 때 진행했던 상담은 이런 상태를 극복할 수 있는 절호의 기회였을 텐데도 안타깝게도 그다지 효과가 없었다. 겉으로 보이는 카이의 모습은 가족에 대해 별로 얘기하고 싶지 않다는 투였다. 자신이 겪는 지금의 마음 상태와 가족은 별로 상관이 없다고 했다. 그러면서 가족 얘기를 꺼내고 싶어 하지 않았다. 특히 부모님의 얘기를 입 밖으로 꺼내는 것을 탐탁지 않다고 여기고 있는 듯했다. 내담자가 거부하는 그 지점은 분명히 치유의 열쇠가 파묻혀 있는 곳이다. 바로, 그곳을 파고들 생각이다.

흔히 마음의 문을 굳세게 닫는 것은 상처를 받았기 때문이다. 상처의 요소들은 대개 원망과 원한인데, 이는 용서하지 못하는 마음 때문이다. 용서는 상대방이 무릎을 꿇고 빌어야 간신히 해줄까 말까 할 정도가 아니다. 상대방은 용서를 빌 마음이 없는 데다가, 그토록 마음이 상해버린 이유도 잘 알지 못한다. 용서하지 못한 것은 마음의 감옥 안에 있는 것과 같다. 스스로 문을 닫아걸고는 절대 열지 않는 그런 이상한 감옥이다. 마음을 들여다보면 감옥 안에 갇혀 있는 내 주머니 속에 열쇠가 있다는 것을 알게 된다. 그 열쇠는 '용서'로 만들어진 것이다. 열쇠로 감옥 문을 열면, 해방의 기쁨과 축복이 찾아오게 된다. 그것이 내가 성장하게 되는 비결이다.

감옥 문을 닫고 처박혀 있으면, 환기가 제대로 되지 않은 탓에 곰팡이가 돋아난다. 마음 안의 곰팡이는 자신을 파괴하는 기막힌 생각으로 유인한다. 어둡고 탁한 감정과 생각들은 내면에 스며들어 영혼을 갉아먹게 된다.

카이가 고개를 저으며 거부하는 '가족'에 대해 정곡을 찌르며 정면 돌파할 것이다. 다음 시간부터 주 1회, 12회기, 2시간씩 우리 문화를 치유로 활용한 심상 시치료 기법으로 치유 프로그램을 진행할 것이다. 강력한 치유 에너지를 가진 우리 문화로 고귀한 나를 온전히 찾게 해줄 프로그램을 준비하기 시작했다.

첫 번째 만남

혼란스러웠어요

검정 볼캡을 눌러쓰고 검정 티와 바지를 입은 카이가 들어왔다. 검정 일색인 옷차림이었다. 그것은 오랫동안 내가 입었던 차림새이기도 했다. 하도 검정 옷만 입고 다녀서 '프란체스카'라는 별명까지 얻기도 했다. 새카만 머리까지 길어서 허리까지 내려왔다. 텔레비전 드라마(MBC 시트콤, 〈안녕, 프란체스카〉)에 나오던 흡혈귀 이름이 별명이 될 정도로 나는 검정 옷만 입고 다녔다. 겉만 그랬던 것이 아니라 속도 그랬다. 마음에 얼마나 어둠이 많은지 정작 나는 없었다. 어둠 속에 파묻혀 진정한 나는 증발한 것만 같았다. 구석지고 눈에 띄지 않는 곳에서 웅크리고 있었다. 그러다가 누군가 나한테 말을 걸어주면 감지덕지했다. 황송하고 부끄러워서 어쩔 줄 몰랐다. 그래서 쉽게 믿고, 쉽게 상처를 받았다. 때로는 그 상처 때문에 부러 먼저 상대를 밀어내기도 했다. 늘 외롭고 아팠다. 고개를 떨군 채 걷는 것도 오랜 버릇이었다. 바닥만 보며 걷다 보니 아는 이를 만나도 인사조차 하지 못했다. 아마도 예의가 없다고 여겼으리라. 우연히 봤던 만화책에 이런 장면이 있었다. 한 여학생이 바닥만 바라보며 걷고 있었다. 그 여학생이 흠모하던 남자가 여학생의 바로 앞에 와서 멈춰 섰다. 여학생이 남자의 신발을 보고 멈춰 고개를 들어 보았다. 남자가 빙긋 웃었다. 말풍선 속에 있던 여학생의 감탄사는 "아!"였다. 나도 "아!"라고 할 수 있는 일이 일어날까? "아!"하고 발걸음을 멈추게 하고 고개를 들 수 있는 사건이 내게도 일어날 수 있을까? 그런 일은 없었다. 만화는 만화일 뿐이었다. 나는 발길 닿는 대로 굴러가는 형편없는 돌멩이였다. 30년 가까이 그랬다. 카이는 그런 내 과거를 떠올리게 했다.

지난 초기상담 이후 지낸 일에 관해 물어보았다. 카이는 이렇게 답했다.

"금, 토, 일요일에는 식당에서 서빙을 해요. 아빠는 이번 주에는 일을 안 시키셨어요. 서로 얼굴 안 보고 지냈어요. 저는 밖에서 놀다가 밤 11시 30분쯤 들어가곤 했어요. 제가 술을 좋아하는데요. 요즘은 돈이 없어서 안 마셔요."

카이에 대해 좀 더 알아야 한다. 혹시 술 문제가 있는지 물어보았다.

"술 문제는 이제껏 딱 한 번 있었어요. 고등학교 3학년 때였는데, 부산에 가서 친구들과 취해서 싸웠어요. 취한 김에 서운한 것이 떠올라서 피 터지게 싸웠어요. 법적인 문제는 없었고요. 그 이후에는 마셔도 그렇게 심하게 마시지는 않았어요. 취해도 폭력은 전혀 사용하지 않고 자거나 토하거나 그랬어요. 아빠는 요즘은 소주 반병 정도 마시지만, 예전보다 많이 줄어들었어요. 제가 집에 늦게 가면 주무시더라고요."

주량이 어느 정도 되는지 물어보았다.

"20살 때, 군대 가기 전 무렵에는 일주일에 세 번 마시고, 심하게 마셨지만, 제대 후에는 맥주 한 캔 정도 일주일에 서너 번 마셔요."

그 정도면, 문제가 되는 음주라고 할 수는 없다. 적어도 제대 후를 기준으로 볼 때는 말이다. 카이는 여자 친구의 권유로 센터를 방문하게 되었다고 했다. 여자 친구는 카이를 지지해주고 있는 존재일 거라고 여겨졌다. 죽고 싶다는 생각을 멈출 수 있는 좋은 자극원이 될 수도 있다. 나는 현재 여자 친구가 있어서 예전과 달라진 점이 있는지 물어보았다.

"마음은 모르겠지만…… 다릅니다. 여자 친구가 없을 때는 집에만 있었는데, 이제는 나가서 카페에도 가고……."

카이는 그 정도만 얘기했다. 여자 친구와 좋은 관계를 유지하고 있다는 것은 긍정적인 의미였다. '이모'라고 호칭하는 새엄마와는 어떻게 지냈는지 물어보았다.

"이모가 고향에 내려갔다가 그저께 왔어요. 인사는 하고 지내지만, 별로 얘기를 안 해요. 동생은 편하게 하더라고요. 이모가 말을 걸면 잘 대답하기도 하고……."

카이는 시큰둥한 표정으로 답했다. 불편한 기색이 역력했다. 본격적인 만남 이전에 했던 초기상담에서 나눴던 '기억'에 관해 질문했다. 첫 기억에 대해 말했던 것을 기억하는지 물어보았다.

"그럼요. 일곱 살 때. 씽씽카를 탔는데 안 다쳤던 얘기잖아요."

카이는 한마디로 답했다. 맞다. 사고가 났는데 다치지 않았다. 엄청난 행운아였던 게 첫 기억이었다. 첫 기억은 내 삶의 첫인상이다. 기억하는 한 가장 어릴 때의 기억을 의미하는데, 각자 기억하는 나이는 다를 수밖에 없다. 어떤 나이의 나를 떠올렸건 그 기억은 내가 세상과 만나는 이미지고 상징이다. 첫 기억이 부정적이라면, 삶의 첫걸음도 부정적이다. 흔히 부정적으로 낙인을 찍다가 정신적으로 성숙해지면서 다르게 해석하게 되기도 한다. 구체적인 상황을 바꿀 수는 없지만, 건강할수록 그 장면을 받아들이는 마음에 이해와 포용이 들어서게 된다. 그 일이 일어난 것은 어쩔 수 없지만, 그 일을 보다 긍정적이고 낙천적으로 재해석하는 것이다. 내담자에게 첫 기억을 물어보는 것은 그래서 중요하다. 내가 떠올리는 내 삶의 해석 방향이 어디로 향하고 있는지 볼 수 있기 때문이다. 내담자에 따라서는 프로그램을 참여하고 정신적인 성장이 이뤄졌을 때, 첫 기억을 긍정으로 재해석하거나 아예 다른 긍정적 첫 기억을 들춰내기도 한다. 즉, 한 내담자는 첫 기억이 6살 때라고 했다. 거울을 보며 스스로 머리를 잘라서 쥐 파먹은 머리가 되어 어른들한테 야단맞던 기억이었다. 프로그램 후반부에 묻지도 않았지만, 그 내담자는 첫 기억의 시기를 수정했다. 5살 때, 동네 친구들과 웃으며 담벼락에서 숨바꼭질하던 기억이라고 했다. 기억 자체가 부정에서 긍정 기억으로 바뀌기도 하는 것이다.

카이는 사고 속에서 살아낸 축복의 기운을 갖고 있었다. 구태여 바꿀 필요가 없을 만큼 절묘한 에너지가 느껴졌다. 카이 스스로도 그 축복을 알아차리고 있었다. 이어 인생에서 가장 기뻤을 때와 슬펐을 때가 언제였는지 물어보았다.

"가장 기뻤을 때? 없는 것 같아요. 옛날 기억이 잘 안 나요. 가장 슬펐을 때는…… 요즘요. 과거는 기억이 잘 안 나니까요. 군대를 제대한 후 혼란스러웠어요. 어느 순간 왜 살아야 하나? 그런 생각이 들었고요. 요즘은 하늘을 자주 보더라고요. 사실, 왜 살아야 하나는 생각은 고등학교 2학년 때부터 들었어요. 밤하늘을 주로 보는데 캄캄한 하늘이 꼭 내 미래 같기도 하고……."

카이는 긍정을 지우는 지우개를 가진 듯했다. 기쁨을 지우는 지우개는 고등학교 2학년 때부터 작동하기 시작했다. 부모님이 이혼을 했던 때였다. 겉으로는 태연했지만, 못 견디게 힘들고 불안했을 카이. 밤하늘에 반짝이는 별과 은은하고 환한 달을 보는 것이 아니라 하필이면 그 사이의 어둠만 보는 카이. 그 어둠과 자신을 연결지으려고만 하고 있다.

"가장 많이 슬펐을 때는 이번 주요. 알바를 가기도 싫고, 이렇게까지 하면서 치열하게 살아야 하는지도 잘 모르겠고. 마음으로는 아무것도 안 하고 싶은데…… 엄청나게 다운이 되었는데 그래도 알바를 갔어요. 사장도 장사를 해야 하니까요. 그래도 힘내어 갔어요. 군대에서는 뭐든지 거의 다 포기했었지만요. 군대에서 나오니까 우선 좋았어요. 억압된 게 없으니까요. 확실히 그때보다 편한 건 맞아요."

카이는 '군대'와 '억압'이라는 말을 한데 연결해서 자주 입에 담았다. 물어보지 않을 수 없었다. '억압'이란 어떤 것인지 말해보자고 했다.

"해, 라면 해야 하고, 하고 싶은 것 못하게 하고. 기분이 안 좋으면 아무것도 하기 싫은데 일어나야 하고, 시키는 대로 해야 하고 그런 것요. 단체 생활은 원래 싫었고요."

그렇다면, 군대에서는 그런 억압이 싫어서 여러 부적응 증상을 보인 끝에 나왔다고 했는데, 최근에 하고 있는 알바는 싫지만 그래도 포기하지 않은 것은 무슨 이유일까?

"알바를 안 가면 용돈벌이가 없고, 공익 발령될 때까지 놀지도 못 하고 그렇잖아요. 게다가 여자 친구가 있으니까요."

그렇다면 군대보다 지금이 낫다는 뜻이었다. 그런데도 가장 많이 슬펐을 때를 최근 일주일 동안이라고 한 것은 앞뒤가 맞지 않는 말이지 않냐고 했다. 내담자는 자신도 모르게 모순된 말을 하고 있었다. 군대보다 지금이 낫다고 여기는 게 맞는지 다시 물어보았다.

"그럼요. 집에 갈 수 있으니까요. 집은 편히 쉴 수 있는 곳이니까요."

최근 일주일 동안이 가장 많이 슬픈 게 아니다. 카이는 힘들고 슬픈 게 지금 진행 중이라고 하고 있다. 자세히 생각해서 하는 말이기보다는 버릇처럼 하는 투였다. 객관적인 사실은 그렇지 않더라도 여전히 힘들고 슬픈 것이다. 모순이 일어나는 것은 그런 감정을 느끼기 때문이다. 따지고 보면 군대 시절보다 지금이 낫지만, 여전히 지금 너무 슬프다. 그러니까 '슬프다'는 감정은 생각을 뛰어넘어 마음 안으로 파고든다. 이 감정은 마구잡이여서 이치에도 어긋난다. 그것은 자동적인 사고로 이런 생각을 집어넣게 된다. '나는 불행해. 최근이 가장 불행해. 그러니 최근이 가장 슬퍼. 언제나 늘 슬프지만, 갈수록 더 슬퍼져.' 지금, 애써서 수정한다고 카이의 이 생각과 감정이 변화되는 것이 아니다. 카이의 말을 그대로 수용하면서 다른 기억을 꺼냈다.

"그렇군요. 싫더라도 자발적인 힘을 낼 수 있는 것이 알바군요. 그렇다면, 가장 인상적인 일을 말해볼까요?"

카이는 없다고 딱 잘라 답했다. 그러다가 잠깐 침묵한 뒤에 말했다.

"비슷한 것은 있어요. 군대에서 현역 부적합 심사를 하고 그 심사를 통해 제대한 것이거든요. 그 과정에서 병원에도 갔다 왔는데 그 심사가 통과되었어요. 대대장님이 "심사 통과가 됐다. 그동안 고생했다"라고 했어요. 행보관님도 겉으로 내색한 것은 있었더라도 "끝까지 도와줘서 고마웠다"라고 했어요. 간부들한테도 말했는데 그동안 고생했다고 하면서 나가서 잘살라고 했어요. 그게 인상적이었어요. 원래 군대 이미지는 이상하고 나쁜 이미지였는데 제가 있었던 부대의 부대원들은 다 착했어요. 선임들도 좋은 얘기를 해주었어요. 선임들도 참 고생했다고 격려 아닌 격려를 받은 것 같았어요. 후임 한 명은 울려고도 하고…… 저는 운전병이었어요. 그렇게 지내는 잠깐 동안도 힘들었어요."

막 부대를 나오려던 때의 분위기를 떠올릴 수 있었다. 곳곳에서 작별 인사와 함께 응원을 받은 셈이었다. 카이한테 살아오면서 격려를 받아본 경험이 있는지 물어보았다.

"고등학교 때 친하게 지낸 친구 한 명이 군대 가서 휴가를 나왔어요. 다른 한 명은 곧 갈 예정이고요. 다 같이 술을 마셨어요. 힘든 시기였고 우울했어요. 살기도 싫고요. 어차피 죽는 인생인데, 왜 치열하게 살아야 하나? 그런 생각이 많았는데요. 친구도 집에서 무슨 일이 있다고 했어요. 곧 군대에 갈 친구와 공원 산책을 하면서요, 담배를 피우며 제가 먼저 말했어요. 요즘 힘들고 죽고 싶다는 생각이 자꾸 든다고 했어요. 그 친구가 그러더군요. 과거에 아는 친구가 자살했다고, 그러니 아예 그런 생각은 하지도 말라고. 그래서 그런 생각을 할 수밖에 없는 제 사정을 얘기했더니 "고생했다. 그 상황에서는 나라도 그렇게 했을 텐데, 안 죽고 잘하고 있다, 잘 해냈다"라고 하더군요. 그래서 제가 좋은 친구를 뒀구나, 하고 생각했어요. 올해 7월에 있었던 일입니다. 친구가 내게 새로운 생각을 하게 했구나, 하는 생각을 했어요."

카이는 정말 멋진 친구를 두었다! 섣부른 위로나 충고 대신 친구는 카이의 마음을 어루만져주면서 응원해 주었던 것이다. 그 말을 듣고 마음의 기지개를 켰을 카이를 떠올렸다. 이어서 가족한테서는 격려를 받은 적이 있는지 물었다. 카이는 대번에 없다며 고개를 저었다.

“가족이라는 매개체를 중요하게 여기지 않아요. 피만 섞인 공동체. 그 정도로만 생각합니다. 어느 순간 그렇게 되었어요. 고등학교 1학년 때부터요, 포기했어요. 엄마는 고등학교 2학년 때 나가셨어요.”

카이는 굳어진 표정으로 말했다. 역시, 부모의 이혼은 민감한 사춘기 시절에 치명적인 사건이었던 것이다. 카이가 살아오면서 솔직하게 자신의 얘기를 해본 경험이 있을지 궁금했다.

“여자 친구, 좀 전에 말한 군대 갈 친구. 이렇게 해봤어요. 고등학교 때 상담했을 때는 1년간 학교 다니는 것이 싫어서 갔는데, 일상생활 얘기만 하고 안 털어놨어요. 이런 이야기도 해본 적이 없을 정도였어요.”

카이는 지금까지 이런 식으로 자기 이야기를 누군가에게 털어놓은 적이 없었다고 했다. 그런 카이가 진솔하게 얘기를 나누고 있다는 것은 상당히 긍정적인 신호였다. 그렇게 말해주자 카이가 웃었다.

다음으로는 미리 준비한 ‘마음의 준비’ 멘트대로 진행했다.

편안한 몸과 마음을 한 상태에서 귀를 기울여 봅니다.

나는 지금 '마음의 빛'을 찾기 위한 여행을 시작하려고 합니다. 생명을 가진 순간부터 그 어떠한 순간에도 변함없이 빛나고 있는 빛을 찾기 위해서 나는 내 안으로 들어가려고 합니다.

먼저 마음의 대문을 빗장을 풀고 활짝 엽니다. 아주 오랫동안 닫혀있던 대문이 이제 활짝 열리고 있습니다. 집 안으로 들어가서 창문을 활짝 엽니다. 그 맞은편의 창문도 열어봅니다. 따뜻하고 살랑거리는 봄바람이 기분 좋게 불어오는 것을 느낄 수 있습니다. 어디선가 향긋한 꽃향기도 풍겨옵니다. 따뜻하고 향기로운 바람이 창문과 맞은편 창문을 통과하면서 집 안의 공기를 상큼하게 바꾸어 놓는 것을 느낄 수 있습니다.

이제 나는 집의 바깥쪽으로 나와 집을 떠받치고 있는 주춧돌과 기둥을 바라보고 있습니다. 주춧돌이 점점 더 튼튼하고 단단하고 넓어지는 것을 바라봅니다. 집을 받치고 있는 기둥도 튼튼하고, 단단하고, 강하게 서 있는 것을 보시기 바랍니다. 이렇게 단단하고 강하고 든든한 주춧돌과 기둥이 집을 잘 지탱하게 하고 있습니다. 나는 가까이 다가가서 기둥과 주춧돌을 손으로 쓸어봅니다. 단단하고 튼튼한 느낌을 손으로 느껴보시기 바랍니다.

이제 다시 집 안으로 들어와 방 안으로 들어갑니다. 고개를 들고 아주 튼튼한 지붕이 집을 든든하게 감싸고 있는 것을 봅니다. 나는 이부자리 위에 누워서 지붕을 올려다봅니다. 지붕에는 크고 단단한 창이 나 있습니다. 창으로 푸른 하늘이 보입니다. 따뜻한 봄 햇살이 창으로 들어오는 것을 느낍니다. 내 온몸이 햇살로 따스해지는 것을 느껴 보시기 바랍니다. …… 시간이 흘러서 이제 밤이 되었습니다. 그대로 누운 채 어둠 속에서 수없이 반짝거리는 별빛을 올려다봅니다. 은빛 찬란한 보름달이 나를 환히 비추고 있습니다. 별과 달의 기운이 내 온몸과 마음으로 흘러 들어오는 것을 고스란히 느껴 보시기 바랍니다. 나는 자연의 기운을, 우주의 에너지를 느끼면서 곤히 잠듭니다.

이제, 아침이 되었습니다. 재잘재잘하는 참새와 종달새 소리에 잠에서 깹니다. 찬란하고 화사한 아침 햇살이 내 몸을 감싸며 나를 축복해주고 있습니다. 나는 자리에서 일어나서 세수를 하고, 집 밖으로 나옵니다. 튼튼하고, 안전하고 든든한 마음의 집 밖으로 나옵니다. 집 앞에 어질어져 있는 쓰레기들과 돌덩이들을 치우기 시작합니다. 내 손길이 갈수록 마음의 집으로 가는 길이 깨끗해지고 있습니다. 내가 가진 아름다운 마음의 집에 잘 도착할 수 있도록 나는 지금 이 길을 내 손으로 깨끗하게 하고 있습니다. 기분이 상쾌해지면서, 콧노래라도 부를 듯이 마음이 가벼워집니다. 아침 공기가 무척 상쾌하고 맑습니다. 맑고 환한 이 기운을 그대로 간직하며, 이제 세 번을 세면 눈을 뜨고, 지금 현재 내가 있는 이 자리로 돌아오시기 바랍니다. 하나, 둘, 셋!

눈을 뜨고 카이는 체험한 것을 말하기 시작했다. 처음으로 심상시치료 과정을 경험하는 내담자들은 눈을 감은 채 그냥 졸기 일쑤였다. 뭔가를 떠올리다가 놓치기도 하고, 잠깐 꿈을 꾸는 듯하다가 도중에 다른 길로 새기도 했다. 혹은 졸지는 않았지만, 하나도 떠올리는 것이 없다고 하는 사람도 있었다. 카이는 놀랄 만큼 생생하게 떠올렸다.

"편안해졌어요. 철 대문이고 나무 빗장이 걸려 있는데 빗장이 풀어지고 대문이 활짝 열렸어요. 주춧돌과 기둥은 작아요. 창문 양쪽을 다 열었어요. 햇살이 감싸줄 때 따뜻했어요. 밤하늘에 별과 초승달이 있었어요. 까마득한 느낌이 들었어요. 빛은 있지만 깜깜한 느낌요. 이틀 전에 내 미래를 생각하며 밤하늘을 바라볼 때와 비슷한 느낌요. 아침에 대문 앞을 나와 보니 쓰레기는 다섯 뭉치가 있었는데 하나당 캔 하나 크기와 비슷해요. 돌은 따로 없었고, 정원에 깔려 있는 돌만 있었어요."

카이는 종이에 볼펜으로 그림을 그리면서 설명했다. 주춧돌과 기둥이 작고 여렸다. 나는 색연필을 사용해서 주춧돌과 기둥을 더 크고 단단하게 수정해보자고 했다. 카이는 노란 색연필로 수정해서 크고 단단하게 윤곽선을 그렸다.

"기둥이 거대해졌어요. 여의봉이 굵어지는 그런 느낌요. 주춧돌도 훨씬 커졌어요. 앞으로 제가 이렇게 변하게 되지 않을까 하는 생각이 듭니다."

카이는 프로그램 시작 이후 처음으로 긍정을 얘기하고 있었다. 나는 고개를 끄덕이며 공감의 눈빛을 보냈다.

심상 시치료 두 번째 순서로 '도깨비방망이'를 진행했다. 먼저 도깨비라는 단어를 들으면 떠오르는 이미지를 말해보자고 했다.

"흔한 도깨비 얼굴요. 뿔이 두 개 있고, 악마같이 생기고 송곳니가 두 개 있고."

이번에는 '도깨비방망이'를 떠올려보자고 했다. 어떻게 생겼을까? 무엇이든지 나와라, 하고 뚝딱 치면 나오는 도깨비방망이!

"동화책 보면 나와 있잖아요. 그거 왜, 가시가 있고 뭉툭하고 손잡이가 얇고 황토색으로 30센티미터 정도 되는 방망이요. 그런 방망이가 생각나요."

이번에는 도깨비방망이로 소망이 이뤄진다면, 무엇이 이뤄질 수 있을지 생각해보자고 했다. 단, 물질이 아니라 보이지 않는 비물질적인 것 중심으로 말해보자고 했다.

"어제부터 잠깐 고민이 생긴 건데요. 앞으로 뭐 먹고 살지? 그러면서 생각하기가 싫더군요. 앞날이 두렵고 걱정되어서요. 그래서 꿈이 생겼으면 해요."

도깨비방망이의 효과가 신체의 신호로 나타날 수 있도록 알려주었다. 스스로 정해서 어떤 특이한 행동을 해보자고 했다. 카이는 두 손을 합장하는 것으로 정했다. 그럴 때마다 자신의 삶이 가장 좋은 방향으로 이어질 거라는 믿음을 떠올리면 된다고 알려주었다. 우리는 함께 두 손을 합장한 채 한참 동안 머물렀다.

"제가 지금 하고 있는 모든 일이 제대로 잘 풀리는 느낌이 듭니다. 이런 느낌은 처음이에요!"

카이가 두 눈을 동그랗게 뜨며 말했다. 이번 첫 회기에 대한 참여 소감을 말해보자고 했다.

"느낌이 묘해요. 아까 눈을 감고 이미지를 떠올리라고 했는데 떠올린 것 같기도 하고, 상상이기도 한 것 같고요. 선명한 꿈 같기도 하고요."

카이의 풍성한 감수성과 감성의 힘 덕분이라고 설명했다. 그다음 카이한테 편안한 장소를 떠올려보자고 했다. 카이는 구름 한 점 없는 파란 하늘과 잔디밭을 떠올렸다. 곧이어 나는 지금 그곳이 화창하고 선선한 바람이 부는 9월이라고 했다. 카이는 눈을 뜬 채 맑은 9월 하늘 아래 잔디밭이 펼쳐진 푸른 벌판의 분위기를 느꼈다. 나는 그렇게 떠올리는 것만으로도 그곳에 갔다 온 것과 같다고 말해주었다.

"집 대문을 여는 상상을 할 때 앞으로 상담하면서 풀어나갈 거구나 하는 것을 느꼈어요. 문 여는 것은 마음의 문을 여는 것이고, 쓰레기를 치우는 것은 문제, 고민을 여러 가지 치운다는 느낌이었으며, 기둥은 내 중심을 키워야 하는구나, 하는 생각이 들었어요. 집은 잘 모르겠습니다. 어떤 의미인지 생각이 안 나요. 참, 복잡한 게 있는데요. 꿈에 대해 생각한다고 했는데 왜 복잡하냐면, 치열하게 살아야 할 이유나 왜 살아야 할지 모르는데요. 그런데도 막상 꿈을 찾으려니까 그게 걸리네요."

카이는 익숙한 부정에서 갑자기 빠져나오려는 자신한테 제동을 걸고 있었다. 왜 살아야 하는지 불만 가득한 나도 나 자신이지만,

꿈을 마음에 품는 것도 나 자신이다. 프로그램을 체험하다 보면, 그 두 모순 속에서 극적인 화해가 일어나는 것을 알아차리게 될 것이다. 나는 충분히 그럴 수 있다고 말해주었다. 그리고 차츰 복잡한 것이 엉킨 실타래가 풀리듯 풀어질 거라고도 했다.

다음 시간까지 하늘을 3분간 올려다보고 떠오르는 생각과 느낌을 한 줄 이상 적어오라는 '마음의 빛' 과제를 제시했다. 한 줄 이상이나 딱 한 줄만 적어도 괜찮다고 했다. 카이는 고개를 숙여 인사를 하면서 센터 문을 나섰다.

두 번째 만남

하늘을 바라보았을 때

카이는 여전히 검은 옷차림이었다. 오래전, 한 3년간 간호사로 근무하던 병원을 그만둘 때 한 의사가 내게 이렇게 말한 적이 있었다.

"이제, 그 검은 옷 좀 그만 입고, 색깔 옷으로 입고 다니세요!"

그게 마음의 행복을 빌어주는 현상학적 의미가 담긴 말이었다. 이상하게도 그 말이 잊히지 않았다. 그 말을 듣고도 오랫동안 검은 옷을 입고 다녔다. 한번은 빨간 외투를 산 적이 있었다. 그 옷을 입을 때마다 이렇게 주문을 걸곤 했다. 나는 매력적이야! 누군가를 꼬실 수 있어!

현실은 그 반대였다. 꼬신 게 아니라 사기를 당했고, 입었던 자리에 상처를 덧입었다. 옷장 문을 열면 검은 옷이 즐비하다. 지금까지 그렇긴 하지만, 그래도 달라진 것은 있다. 내가 좋아하는 분홍 스웨터와 초록 티셔츠와 파랑 블라우스도 있다. 초록 티셔츠가 등

장해서 한마디 더 하자면, 그걸 입은 내 모습이 어색해서 멀쩡한 티셔츠를 수없이 버리려다 말았다. 검은색 옷은 그런 생각 없이 입었지만, 색깔 옷은 그랬다. 이걸 버릴까? 그냥 입을까?

그래도 버리지 않았으니 한 번씩 꺼내 입기도 한다. 아직도 어색하긴 하지만, 그래도 나아졌다. 이제 버리려는 생각은 없으니까.

나는 카이의 옷차림새에 대해 아무런 말을 하지 않는다. 그저 이해한다는 시선으로 바라봤다. 오래전 과거의 나를 따뜻하게 대하듯이. 먼저 과제로 적어온 글을 소리 내어 읽어보라고 했다.

> 하늘을 바라보았을 때 우선, 날이 이번 주 내내 흐린 탓에 구름이 조금 있었다. 하늘을 바라보았을 때 나는 구름이 되고 싶다는 생각과 그러면 좋겠다는 생각이 들었다. 아무것도 안 하고 자연의 섭리대로 지나가는 구름들이 부러웠던 것 같다.

카이의 글은 하늘이 아니라 '구름'에 초점이 맞춰져 있었다. 과제를 내주는 것은 익숙하게 빠져 있는 부정 에너지를 긍정 에너지로 전환하기 위한 목적이다. 매일같이 접촉하는 휴대폰이나 인터넷의 에너지가 아니라 자연의 에너지를 받기 위해서다. 현대인들은 문명이 발달해 갈수록 기계와 가까이하고 있다. 소통을 위해 쓰는 휴대폰이 아니라 위로받기 위해 휴대폰을 쓴다. 고단하고 복잡한 머리를 식히기 위해 인터넷에 접속한다. 유튜브를 보면서 잠이 들기도 한다. 기계가 유일하게 다독여주고 재워주는 것 같지만, 그렇지 않다.

미국 일리노이주립대학 가족 소비자학과 브랜든 맥대니얼 교수 연구팀은 심리학회지 《아동 발달Child Development》에 실린 논문에서 "습관적으로 스마트폰 확인을 자주 하고 스마트폰이 없으면 불안해하는 등 부모가 첨단기기에 집착하는 경우 어린 자녀의 문제 행동을 유발할 수 있다"라고 했다. 연구팀은 "우리는 현재 첨단 테크놀로지 시대를 살고 있지만, 첨단기기는 우리의 관심을 흡수하도록 고안됐다"라고 밝히기도 했다. 그러니, 휴대폰은 우리를 지지해주는 것이 아니라 인간의 에너지를 빼앗아 가는 것이다.

자연의 한 존재인 인간이 자연과 소통하지 않으면 에너지 흐름이 원활하지 않게 된다. 흐름이 막히면 고이게 되고, 고이면 썩는다. 마음도 육체도 마찬가지다. 그런 의미에서 내담자에게 자연과 교감하는 과제를 내준다. 회기를 거듭할수록 과제는 내면에서 자연의 힘을 되살리게 한다. 처음에는 한 가지 정도로만 제시하지만, 나중에는 몇 가지 종류를 한꺼번에 내준다. 긍정 에너지로 변화하는 것에 모든 초점이 맞춰져 있다. 과제든, 치료 프로그램이든 그렇다. 내담자들이 해오는 과제를 보면, 이런 취지에 맞기도 하고 그렇지 않기도 하다. 하지만 정답을 알고 일부러 지어내는 것보다는 서툴고 맞지 않더라도 진솔한 것이 훨씬 낫다. 하다 보면, 에너지 흐름이 긍정으로 변화된 것을 느끼게 되고 그럴 때 마음의 눈이 떠지기 마련이다.

카이가 해온 과제도 그러했다. 취지와는 상관없이 진솔하게 적어왔다. 과제를 해 온 것만 해도 다행이다. 개인치료가 아니라 집단치료일 경우 과제를 해오지 않는 경우도 많다. 그것도 참여자가 돈을 내지 않아도 되는 프로그램이라면, 과제 따위는 안중에도 없을 수 있다. 그 모든 경우를 감안하고 진행한다. '그럼에도 불구하고'라는 말을 늘 적용해야 할 판이다.

카이는 하늘을 바라보았지만, 구름이 바로 눈에 띄었고, 나도 구름이 되고 싶다고 생각했다. 그 이유를 다음 구절에서 설명하고 있다. '아무것도 안 하고'라고 한 부분에서는 무기력을 느낄 수 있지만, 그다음 글귀는 좀 다르다. '자연의 섭리대로 지나가는 구름'이라고 했다. '섭리'라면, 자연계를 지배하는 원리와 원칙을 의미한다. 음양을 다스리는 것을 일컫기도 한다. 누가 자연계를 지배하고 음양을 다스리는가? 인간인가? 기계인가? 우리가 볼 수 없고 이해할 수도 없고 감히 짐작할 수도 없는 힘이라고 할 수밖에 없다. 아무리 과학을 신봉한다고 하더라도 섭리를 인정하지 않을 수 없다. 백번 양보해도 인간이나 기계가 아니다. 그렇다면, 섭리는 신의 영역이다. 카이는 신앙이 없다고 했다. 그리고 신을 말하지 않았지만 신을 말하고 있었다. 서툰 글자로 '아무것도 안 하고'라고 했지만, 카이의 뜻을 세밀하게 들여다보면 이런 마음이 담겨있다고 볼 수 있을 것이다.

'하늘에서 구름을 봤어요. 구름이 억지로 애쓰면서 떠 있는 것이 아니라 가볍게 자연에 맡긴 채 자유롭게 흘러가고 있었어요. 자연의 섭리가 떠올랐고, 그런 구름이 부러웠어요.'

이런 의미를 가지고 있을 것 같았지만, 좀 더 얘기를 나눠봐야 할 필요가 있었다. 카이는 구름이 되면 편안할 것 같다고 했다. 하늘에서 바라보는 세상이 어떨지 궁금하다고도 했다. '자연의 섭리'가 어떤 의미인지 물어보았다.

"자연의 흐름에 따라 흘러가는 대로 아무 생각 없이 바뀌는 것이라고 생각해요."

카이가 답했다. 나는 카이의 삶에서 '자연의 섭리'대로 하는 것이 있는지 물어보았다. 카이는 '잠자기'라고 했다.

"그것 말고 없는 것 같아요. 사람은 생각하며 살아야 하는데…… 구름이나 자연은 생각 없이 때가 되면 변하고, 때가 되면 사라지니까 부러워요. 앞으로 어떻게 살지? 이렇게 사는 게 맞나? 그런 생각 없이 구름은 살아가니까요!"

카이가 골똘한 표정으로 말했다. 고민 없이 살면 어떨 것 같은지 내가 다시 물어보았다.

"두 가지가 있는 것 같아요. 성공하는 삶과 실패하는 삶. 이것도 사실 선택인 것 같긴 한데요. 주어진 상황대로 사는 것을 선택했는데도 실패하는 것은 어쩔 수 없이 일어난 상황대로 사는 것이고, 성공하는 것도 그 일이 벌어진 상황으로 그렇게 사는 것이니까요. 나도 되게 생각 없이 살긴 하는데…… 자고 싶으면 자고요. 일어나면 반나절이 지나가 있고요. 선택이 아닐 수도 있어요. 저는 모든 선택이 싫은가 봐요."

카이는 마치 자신이 타인인 것처럼 말하고 있었다. 모든 선택을 싫어하는 카이. 그렇지만 놀랍게도 이렇게 센터에 온 것을 선택한 것이다!

지난 일주일간 어떻게 지냈는지 물어보았다. 별다를 게 없이 지냈다고 했다. 평일에는 놀고, 금, 토, 일에는 아르바이트를 했다고 했다. 그러다가 토요일에는 아르바이트하러 가기가 너무 싫어서 많이 우울했다고 했다. 토요일에 새로운 아르바이트생이 와서 가르쳐야 하니 더욱더 가기 싫었다고 했다. 하루 종일 일하는 것도 싫었다. 그렇지만 갔다고 했다. 그래도 간 이유를 묻자 대번에 이렇게 답했다.

"간단하죠. 돈을 벌어야 하니까요. 가서 할 만큼 했어요. 새로운 알바생 만나 얘기도 하고. 잘 끝냈어요. 바쁠 것 같아서 가기 싫었는데 한다고 한 거니까요. 돈도 벌어야 하고요. 가서 열심히 했어요. 지금 하고 있는 알바는 한 달 하고도 2주일째 하고 있는 거예요. 주인이 실수하면 눈치를 줘요. 새로 온 알바생은 안 고쳐질 것 같아요. 가르쳐주고 리더도 해줬는데 눈치가 없어요. 나이는 형뻘인데…… 저한테는 이제 사장님이 눈치를 안 줘요. 잘 못 하면, 사장님 표정이 안 좋아지는 게 바로 보이는데 저한테는 그러지 않아요."

카이는 하기 싫은 것을 이겨내고 어쨌든 해내고 있었다. 직장에 다니는 거의 모든 사람들이 그렇듯이. 집에서 아버지와의 갈등은 어땠는지 물어보았다. 없었다고 하며 괜찮았다고 했다. 그렇게 일주일간의 근황을 간단하게 끝내고, 심상 시치료 기법을 적용했다.

이번 기법은 '오동나무'다. 먼저 '나무' 하면 생각나는 것을 말해보자고 했는데 카이는 소나무, 은행나무, 단풍나무라고 했다. 오동나무를 아는지 물어보니 고개를 저었다. 가구나 악기로 많이 쓰이는데 다섯 번 베고, 다시 다섯 번을 키워야 제대로 된 가구목이 된다고 간단히 알려주었다. 벨 때는 땅바닥에 바짝 대고 잘라주고, 다시 자라나는 것을 보다가 역시 그렇게 잘라주는 것을 반복한다.

그래야 나무 안이 충실하게 차오르게 된다. 베지 않으면 나무 안이 텅 비게 되어 목재로 쓸 수가 없다. 그래서 '재생'이나 '부활'의 나무라는 성격이 있다고 했다. 오동나무 이미지를 보여주면서 느낌을 물어보았다. 카이는 불쌍하다고 했다. 자라는데 잘리고 또 잘리다니!

"그렇지만…… 시련을 극복해야 더 굵고 더 튼튼하게 자라날 수 있겠군요."

카이가 이렇게 덧붙였다. 나는 고개를 끄덕이며 물었다.

"내 삶이 오동나무라면 그동안 몇 번 잘린 것 같나요?"

카이가 바로 답했다.

"두 번요. 첫 번째는 중학교 3학년 2학기 때인데 공부를 놓았어요. 그전에는 중간쯤 했는데 이후로는 아예 하지 않았어요. 중학교 3학년 때부터 고등학교 1학년까지요. 선생님들이 마음에 안 들어서요. 1학기는 좀 잡고 있다가 2학기 때는 확 놓아 버렸어요. 전부 다 마음에 안 들었어요. 중국어 선생님만 마음에 들었어요. 그 선생님은 착했어요. 그래서 중국어 시험만 잘 쳤어요. 그 선생님과 얘기를 나눠보지는 못했지만요. 유일하게 했던 게 중국어 공부예요. 다른 선생님들은 수업하는 방식이 별로였어요. 하는 행동도 강압적이

고요. 자기네들끼리 있고 학생들과 같이 하지도 않았어요. 혼자서 수업하는 느낌이었어요. 권위적이고요. 두 번째는 최근인데요. 여기에 이렇게 왔으니 잘하고 있는 거죠. 지금은 제가 자라나고 있는 시기예요. 군대 전에는 학교도 싫었고요. 군대에서도 오직 밖으로만 나가고 싶었는데 버티고 있어야 하니까…… 첫 번째 잘렸을 때와 같은데 더 심해진 느낌이에요. 고등학교 때는 자퇴를 생각했어요. 딱히 이유는 없어요. 그냥 공부가 싫었어요. 학교 체제가 싫었어요."

카이가 한 '두 번'이라는 말과 함께 '지금은 잘하고 있고, 자라나고 있다'라는 말이 인상적이었다. 그렇게 말해주면서 좋아하는 것이 있는지 물어보았다. 망설임 없이 없다고 답했다. 싫어하는 것은 무엇인지 물어보니, 이렇게 답했다.

"이 세상요. 어느 순간부터 싫어졌어요. 중학교 때부터인가 봐요. 중학교 3학년 때, 한번은 방황하고 싶다는 생각이 들었어요. 사춘기가 왔는지 아무것도 안 하고 싶고 놀고만 싶더라고요. 그렇다고 재밌게 놀지도 못했어요. 애매한 시기였어요."

그 당시 관심을 주면서 곁에서 지지해 준 누군가가 있었는지 물어보았다.

"아무도 없었어요. 심리상담은 고등학교 1학년 때 했는데요. 학교 다니기 싫은 이유만 물어봤어요. 중학교 때는 글쎄요…… 신경을 써줬던 사람은 엄마. 중학교 3학년 때, 고등학교 가기 싫다고 하니까 그 얘기를 들어주시면서 하고 싶은 대로 하라고 했어요."

그렇게 두 번 잘리고 난 경험을 가진 지금의 느낌을 말해보자고 했다.

"새로운 나. 그런 생각이 들어요. 예전에는 그랬지만요, 오동나무를 해석해보니, 잘리고 나서 새롭게 되니까요. 중학교 3학년 때, 잘리고 나서 공부하던 내가 안 하던 나로, 두 번째 잘리고 난 이후는 이렇게 우울하게 지내던 나에서 해결하려는 나로!"

오! 놀라웠다. 카이는 무척 우울하고 만사가 싫다고 말하면서도 긍정과 희망의 씨앗을 담은 말을 순간순간 내뱉고 있었다. 그렇게 말할 때마다 신뢰와 응원의 눈빛을 보내주었다. 절망 안에는 희망이 함께 싹을 틔우고 있었다. 그 싹을 점차 발견하게 될 것이다.

다음으로 가족 세우기를 진행했다. 작은 종이 인형들을 꺼냈다. 가족을 세워볼 텐데 언제로 했으면 좋은지 물어보았다. 고등학교 2학년 때로 하겠다고 했다. 카이는 먼저 여러 인형 중에서 아빠, 엄마, 동생과 자신을 선택했다. 자신과 동생을 나란히 세워놓고는 아빠는 뚝 떨어져 세운 뒤 한참 만에 엄마를 앞에 혼자 덩그렇게 세워놓았다. 엄마는 등을 돌린 상태였다. 각자의 표정과 시선, 분위기를 물어보았다. 모두가 무표정이고 앞만 바라보는데 사실, 앞에는 아무것도 없다고 했다. 분위기는 그냥 그런데, 조용하다고 했다. 언제부터인지 모르겠지만, 어느 순간부터 피가 섞인 것 말고는 의미가 없다고 했다.

엄마와 아빠가 싸우는 것을 봤는지 물어보았다. 서너 번 있었다고 했다. 아빠가 집안 물건을 부수고 때렸다. 그렇다고 다치거나 경찰서에 가지는 않았다. 초등학교 때 두 번, 중학교 때 한 번, 고등학교 때 한 번 그랬다. 가족에 대한 기대가 하나도 없다. 가족이기 전에 사람으로 생각하니까 그런 것 같다. 어차피 사람은 여러모로 다르니까. 선택을 어떻게 하든, 결과가 어떻게 되든 그 사람의 선택이고 상황이라고 생각한다. 그게 중요하게 여겨지지는 않는다. 엄마가 이혼해도 되냐고 물어봐서 엄마 삶이니까 알아서 하라고 했다. 그러니, 엄마에 대해 아빠에 대해 아무 느낌이 들지 않는다. 카이는 담담하게 말했다.

나는 모든 가족 인형을 가까이 놓고 둥글게 배치한 후 이렇게 지냈던 적이 있었는지 물어보았다. 진천에서 살 때 그랬다고 했다. 일주일에 한 번은 고기를 먹었다고 했다. 이렇게 같이 모여서 고기를 구워 먹곤 했다. 초등학교 1학년 때라고 정확하게 기억했다. 아빠와 친하게 지냈을 때는 언제인지 물어보았다. 고등학교 3학년 때라고 했다. 술 먹으면서 집에서 아빠가 고민을 털어놓는 것을 들어

줬다. 엄마와 헤어지고 나서 복잡한 생각이 많아 보였다. 그러면서 아빠가 아들 바보구나! 아빠 자신을 생각하지 않고 아들만을 생각하고 있구나, 그런 생각이 들었다. 그날, 무슨 말을 했는지 자세히 기억은 안 나지만, 얘기 내용의 태반이 동생과 나였다. 아빠 자신에 관한 얘기는 거의 하지 않았다. 그러면서 여자가 필요하다고 아빠가 말해서 주저 없이 말했다. 아빠, 그러면 만나.

나는 처음에 카이가 배치했던 대로 다시 종이 인형을 놓으면서 느낌을 물어보았다.

"이랬던 적이 많아요. 가깝지도 않고 서로 말하는 것도 아닌 사이를 표현한 거예요. 엄마와는 거의 연락을 하지 않아요. 내가 먼저 안 하면 엄마도 안 해요. 동생은 먼저 연락을 하는 눈치인데…… 제일 마지막 연락은 군대에서 나와서였어요. 지난 5월에 연락했어요. 그동안 삶에서 화기애애한 것은 20퍼센트이고 이렇게 거리를 둔 것은 80퍼센트입니다."

나는 엄마와 아빠가 원망스러운 것에 대해 말해보자고 했다.

"엄마가 먼저 연락 안 하는 게 싫어요. 이혼하라고는 했지만, 나중에 동생 생각을 미처 못해서 이혼은 안 된다고 했거든요. 그런데 무조건 이혼해야 한다고 하더라고요. 인제 와서 왜 그러냐고 하더군요. 그렇게 엄마와 말싸움을 했어요."

카이는 솔직하게 마음을 드러냈다. 가족에 대해 별다른 감정이 없다고 했던 말과 달랐다. 그 무덤덤하게 굳어진 표면을 조금만 들추면, 너무 아파서 아직도 울고 있는 마음이 있었다. 예전에 중학교 3학년 때, 엄마가 신경을 써줬다고 했는데 그때 어떤 식의 대화가 오고 갔는지 물어보았다.

"요즘 성적이 왜 그렇게 떨어졌냐고 엄마가 물어보았어요. 쌤이 마음에 안 들어서 그렇다고 했어요. 무슨 일이 있냐고 물어봐서 그냥 너무 싫다고 했어요. 이런저런 얘기를 한 것 같은데 엄마는 그러면 자퇴하고 검정고시를 치를 수도 있으니까 잘 생각해보라고 했어요. 하고 싶은 대로 하라고 그랬어요. 엄마는 잘 들어주는 사람이에요. 따뜻한 것은 모르겠어요. 엄마와 아빠의 성격 차이가 너무 심해요."

나는 엄마를 상징하는 종이 인형한테 그동안 미처 하지 못했던 말을 털어 놓아보자고 했다. 엄마와 딱히 할 말이 없다고 했다. 마지막으로 만난 것은 작년 10월 말인데, 이혼하고 처음이었다고 했다. 그러니까 고등학교 2학년 때 이후로는 처음이었는데, 군대 가기 전에 보고 싶어서 일부러 찾아갔다고 했다. 엄마와 대화가 필요했다. 그동안 못했던 말을 털어놓을 필요가 있다. 그런데 카이는 아픈 마음을 숨기고 굳어진 표면의 마음만 고집하고 있었다.

나는 내가 앉은 자리에서 일어나서 카이 옆에 섰다. 잠시 눈을 감으라고 하면서 조금 있다가 세 번을 세면 눈을 뜨라고 했다. 그렇게 눈을 뜨면 맞은편에 엄마가 앉아있을 거라고 했다. 천천히 심호흡을 하게 했다. 그러고 나서 나는 주문했다. 하나, 둘, 셋! 이제 눈을 뜨세요. 맞은 편에 앉은 엄마를 바라보세요.

이제 하고 싶은 말을 해보자고 했는데 카이는 할 말이 없다고 했다. 카이를 일어나게 해서 엄마 자리에 앉아서 엄마가 되어보자고 했다. 그리고 나를 바라보면서 하고 싶은 말을 해보자고 했다. 카이는 주저하면서 쑥스러운 듯 보였다. 나는 카이가 엄마 역할을 할 수 있도록 자극했다.

"카이 어머니, 카이를 오랜만에 봤네요. 하고 싶은 말이 가득하시지요? 이제 꼭 들려주고 싶은 말씀을 해보시겠어요?"라고 권유했다.

"카이야, 미안하다. 네 말을 귀담아들어 주지 못해서. 엄마 역할을 제대로 못 해서. 그래도 네가 꿋꿋하게 버텨내서 장하다. 그리고…… 사랑한다."

카이는 주저했지만, 결국 엄마가 되어 이렇게 말했다. 가슴 한구석이 짠해왔다. 미안하고 사랑한다는 주제가 갑자기 튀어나왔다. 얼떨결에 카이는 용서를 청하고 사랑을 표현하는 엄마를 만나게 된 것이다. 카이를 일어나게 했다. 다시 원래의 자리로 돌아가서 자신으로 돌아오게 했다. 엄마한테 이 말을 듣고 나서의 느낌을 말해 보자고 했다.

"내가 듣고 싶어 했던 말이에요. 엄마는 표현을 잘 못 해요. 엄마한테 사랑한다는 말을 한 번도 들어본 적이 없어요. 기분이 묘합니다. 엄마는 공장에 다녀요. 어떻게 지내는지도 몰라요. 못 보니까요."

나는 엄마가 구체적으로 어떻게 지내시는지 모르겠지만, 그렇게 행복해 보이지는 않는다고 했다.

"맞아요. 우리를 못 보니까요."

카이가 바로 답했다. 분명히 엄마의 마음도 무척 아플 것 같다고 말하며 이렇게 덧붙였다.

"이제 엄마도 나도, 가족 모두 행복해지는 것이 중요하겠군요."

그리고 눈을 감고 복식호흡과 이완을 하게 했다. 그렇게 한 다음 '오동나무' 심상 시치료 멘트를 들려주었다.

나는 오동나무입니다. 아주 굵고 큼직하고 든든한 나무입니다. 나는 과거를 기억합니다. 어렸을 때, 나는 잠깐 자라오다가 싹둑 잘렸습니다. 또, 조금 커오다가 잘렸습니다. 처음에 잘릴 때, 너무나 억울하고 분했습니다. 두 번째는 화가 났습니다. 그다음 세 번째 잘렸을 때는 슬퍼서 주저앉아 울기만 했습니다. 네 번째로 잘렸을 때는 이제 내 인생은 모든 것이 무의미해졌습니다. 아무 의미도 없고, 숨 쉬고 살아갈 필요를 느끼지 못했습니다. 그 무엇도 내게는 의미가 없었습니다. 다섯 번째 잘렸을 때는 너무나 어이가 없었습니다. 그리고 바닥을 쳤습니다. 바닥을 치자 신기하게도 조금씩 서서히 제 몸과 마음이 회복되었습니다. 바닥을 치자 점점 살아나기 시작했습니다. 이제 잘려지는 것이 문제가 아니라는 사실을 깨닫기 시작했습니다. 언제부터인지 모르지만, 나는 점점 강하고 단단해져서 그동안 잘릴 때마다 내 안이 차오르고 단단해져 있었다는 것을 비로소 깨닫기 시작했습니다. 그리고 나는 억울함, 화, 슬픔, 무의미를 견뎌낸 까닭에 튼튼해졌다는 사실을 알게 되었습니다. 나는 그렇게 성장했고, 자라났습니다. 그리고 계속해서 성장하고 있습니다. 지금, 이대로의 느낌을 고스란히 느껴 봅니다. …… 지금, 현재의 느낌을 그대로 간직한 채 세 번을 세면 현재로 돌아오면 됩니다. 하나, 둘, 셋!

눈을 뜨게 하고 카이한테 체험한 것을 물어보았다. 물론, 아무것도 못 느낄 수도 있다. 잠이 올 수도 있고, 떠오르는 것이 없을 수도 있다. 전혀 다른 생각이 끼어들 수도 있다. 그래도 괜찮으니 솔직하게 말해보자고 했다.

"떠오르는 것은 없었어요. 순간순간 시련이 다가오지만, 그것을 박차고 일어나면 그 시련은 선물로 다가올 거라는 느낌이 들었어요. 어느 글에서 봤는데요. '시련은 신께서 선물을 주기 위한 시험'이라고 했어요. 그 말을 안 믿어요. 그런데…… 믿어요. 믿는 것으로 지금 선택했어요."

놀라웠다. '믿음'이 선택이라는 것을 어떻게 알았을까? 그 선택이 자신의 삶을 결정한다는 것도 카이는 도대체 어떻게 안 것일까? 기막혔다. 카이의 그 말에 순간 큰 박수를 보냈다. 방금 한 말속에서 '철학의 향기'가 나는데, 그 이유가 뭔지 물어보았다. 카이는 인문학책을 가끔 읽는다고 했다. 그러면 그렇지!

두 번째 만남에 대한 참여 소감을 들려달라고 했다.

"묘했어요. 역할극요. 엄마의 마음을 내가 입으로 말하고 내가 들으니까 신기해요. 이런 걸 내가 바랬구나, 하는 생각을 했어요. 저번 주에 여자 친구와 얘기를 나눴는데요. 나는 다 알고 있다. 긍정적으로 생각해야 하는 것도, 생각하는 대로 해야만 하는 것도 사실은 다 알고 있다고 했어요. 그렇지만 실제로는 안 하는 것 같아요. 생각만 하고요. 행동으로는 안 해요. '탓'을 많이 하는 것 같아요. 사회 탓. 세상 탓. 친구와 얘기하다가 그런 생각이 들었어요. 친구가 저한테 그렇게 말하더군요. 해보지도 않고 탓을 많이 한다고. 막상 걱정되는 것이…… 살아갈 자신이 없을 것 같아서요. 이런 걸 해서 좋아져도 사회 부적응자로만 느껴져요."

카이는 알고 있었다. 다만, 머리로. 이제 가슴으로 내려오는 연습을 하고 있을 뿐이었다. 제대로 내려왔을 때 행동이 뒤따를 것이다. 머리와 행동이 일치할 때 잠재력이 솟구쳐 올라오게 될 것이다. 나는 이런 마음을 품고 답했다.

"정말 사회 부적응자는 이렇게 자신을 성찰하지도 않지요. 지금, 아주 잘하고 있어요. 제대로 해내면 그런 생각마저도 극복할 수 있답니다. 장담할 수 있어요!"

나는 확신을 가지는 어투로 카이의 눈을 바라보며 말했다.

"음…… 생각해보면요. 제게는 좋은 일이 많이 일어나요. 좋은 친구들도 있고요!"

카이가 환하게 웃었다. 나는 다음 주까지 해 올 마음의 빛 과제를 제시했다.

첫째. 땅을 3분간 바라보고 떠오르는 생각과 느낌을 한 줄 이상 적어오기.
둘째. 오동나무가 처음으로 잘렸던 중학교 3학년 2학기가 막 시작되던 그해 9월의 나에게 위로와 격려의 메시지를 적어오기.

자연의 에너지를 내면으로 스며들게 할 수 있는 과제였다. 엄마를 만났으니 능히 할 수 있을 과제였다. 진행하다 보면, 예상외로 진도가 나갈 때가 있다. 카이가 그랬다. 실은, 빈 의자 기법은 계획하지 않게 일어난 일이었다. 두 번째 과제도 마찬가지다. 엄마, 아빠가 헤어지기 전, 엄청난 갈등의 분위기가 가정을 함부로 휩쓸 때 카이는 홀로 멍들고 있었던 것이다. 이제 과거의 나를 만날 때가 되었다.

세 번째 만남

맘부 에너지

카이는 지난 한 주 동안 피곤하더라고 했다. 자도 자도 피곤했는데 딱히 무슨 일이 있는 건 아니었다고 했다. 아르바이트할 때도 멍때리곤 했다. 그리고 하던 알바는 이제부터는 오전만 하기로 사장과 의논했다. 힘들다는 이유 때문이었다. 스스로 결정해서 그렇게 하기로 했다는 거였다. 그랬더니 쓸 돈이 좀 모자라서 다른 아르바이트 자리를 찾아봐야 하나, 하고 생각하는 중이라고 했다.

나는 그저 이 말들을 들어주었다. 고개를 끄덕이며, 아무런 판단 없이 있는 그대로 수용해주었다. 과제는 어제 했다며 공책을 내밀었다. 땅을 3분간 들여다보고 쓴 글이었다. 직접 읽어보자고 했다. 첫 회기에 했던 '하늘'이 양의 기운이라면, '땅'은 음의 기운이다. 우주의 어머니가 땅이다. 카이는 땅의 기운을 충분히 받았을까?

땅이란 건, 지지대 같은 존재인가 보다. 풀과 나무를 자라게 해주고, 사람이 걸을 수 있고, 땅에 사는 생명체들에게 가장 기본이 되는 게 땅인 것 같다. 그래서 나 자신에게도 이런 기초를 만들어줘야 딛고 일어서게 되는 것이 아닌가 하는 생각을 했다. 두 번째는 불쌍하고 슬펐다. 사람들이 밟고 지나가고 그러면 진동을 느끼고 이 모든 게 싫을 수도 있지만 사라지지 못하고 땅이 버티고 있어야 하는 게 슬펐다.

"처음에는 선생님이 하라고 한 의도를 생각하고 쓰다가 두 번째부터는 그냥, 솔직한 제 심정을 담아서 썼어요."

담담하게 카이가 말했다. '지지대 같은 존재'인 땅을 생각한 카이. 풀과 나무와 사람이 걸을 수 있도록 해주는 땅. 모든 생명체들에게 가장 기본이 되는 땅. 자신도 누군가에게 땅의 기운으로 지지해주고 일어서도록 해줘야겠다고 생각했다는 카이. 여기까지가 다가 아니었다. 두 번째, 솔직하게 쓴 글은 전혀 다른 분위기였다. 사람들이 밟고 지나가고 진동을 느끼며 모든 것이 싫을 수도 있는 땅을 떠올렸다. 그런 땅이 스스로 사라지고 싶어도 그러지 못하고 버티고 있다. 그게 불쌍하고 슬프다고 쓴 것이다. 그야말로 슬픈 생각이었다. 싫을 수도 있지만, 사라지지 못하고 버티고 있는 카이처럼. 그런데 이렇게 생각할 수도 있을 법했다. 땅이 이렇게 버티고 있는 것이 싫지 않을 수도 있다. 혹은 좋을 수도 있다. 오직 한쪽 면만 고집하지 않는다면, 땅이 가지는 여러 감정을 느낄 수 있을 것이다.

카이한테 과제를 하면서 든 생각을 말해보자고 했다. 풀과 나무를 자라나게 하는 땅의 생명력, 살아나가게 하는 기본이 되지만 사라지지 못하니 슬픈 존재라고 생각한다. 어디를 가나 땅이 있으니, 지금 우리가 있는 이 땅은 시간이 지나도 계속 있으니, 어쩌면 땅도 사라지고 싶어 할 수도 있다는 생각도 든다고 했다. 생명체도 태어나고 죽듯이 땅도 생겨나고 사라지면 죽을 텐데 오랜 시간 머물러 있다는 것이 슬프게도 느껴진다고 했다. 나는 땅이 어떤 것을 꿈꾸고 있을지 물어보았다. 여러 생명한테 밟혀서 진동을 느끼는 그런 곳 말고 다른 곳, 이런 고통이 없는 곳을 꿈꾸고 있을 거라고 했다. 나를 땅에 비유해서 말해보자고 했다.

"나는 밟히는 느낌은 없지만요. 자고 일어나면 사라지고 싶어요. 이 모든 게 끝났으면 좋겠고 나라는 존재 자체가 없이 사라졌으면 좋겠어요. 고등학교 2학년쯤부터 지금까지 죽 그래왔어요. 18살 때부터요. 지금도 똑같은 생각을 하고 있어요. 고등학교 1학년 때. 학교 처음 갔을 때부터 야자가 싫었어요. 사라지고 싶은 느낌은 지금보다 고등학교 1학년 때가 더 심했어요."

카이는 몇 번 언급한 적이 있는 이야기를 계속하고 있었다. 고등학교 1학년 때부터 자신이 사라졌으면 좋겠다는 것, 그 당시 '야자', 야간자율학습이 싫었다는 것. 그렇게 고등학교 1학년을 기점으로 해서 모든 부정들이 오글오글 모여들었던 것이다.

다음 과제로 넘어가서 얘기를 나눠야겠다고 생각했다. 저번 회기에 나눴던 대로 처음으로 오동나무가 잘려지던 시기인 중학교 3학년 2학기, 9월의 나에게 쓴 메시지를 읽어보도록 했다. 읽을 때는 과거의 나한테 지금의 내가 들려주는 느낌으로 읽어보자고 했다.

> 중학교 3학년 2학기의 나에게는 무슨 말을 해야 할지 몰라서 생각이 나는, 고등학교 1학년의 나에게 말을 하겠다.

> 고등학교 1학년 때의 나야. 넌 아마 처음 고등학교에 입학하고 충격을 먹었을 거야. 하기도 싫은 공부를 야자를 시키며 가둬 놓는다는 느낌을 받고 힘들었지. 그렇게 넌 학교를 아예 그만두고 싶어 할 거야. 참 이상하게도 감옥 같은 학교로 인해서인지 막연한 자살 생각도 들 테고, 학교 적응을 못 해 여러 상담을 받겠지. 근데 괜찮아. 이런 너도 너라는 걸 알면 됐어. 이 또한 경험이고 이것을 통해 성장하는 계기가 되겠지. 지금 21살인 나도 갈팡질팡을 많이 해. 그래도 고등학교 1학년의 네가 지금까지 잘 버텨와서 지금의 내가 있겠지. 잘 버텨줘서 고마워.

카이는 주어진 중학교 3학년 때에서 고등학교 1학년 때로 스스로 바꿔서 과제를 해왔다. 그렇다면, 고등학교에 갓 입학한 나를 만나도록 해야겠다고 생각했다. 힘들었지만 버텨냈던 비결을 들어봐야 했다. 카이한테 눈을 감고 복식호흡을 열 번 해보자고 했다. 잠시 눈을 감았다가 세 번을 세고 나서 눈을 뜨면 맞은 편에 고등학교 1학년의 내가 앉아있을 거라고 알렸다.

그동안 나는 자리에서 일어나서 빈 의자 상태가 되도록 했다. 하나, 둘, 셋! 이제 눈을 떠보자고 했다. 고등학교 1학년의 내가 바로 앞에 앉아있다고 했다. 표정과 시선이 어떤지 물어보았다. 표정은 착잡하고, 시선은 바닥을 보고 있다고 했다. 과제로 써온 편지를 다시 읽어 주자고 했다. 다 읽고 나서 어떤지 보라고 했다.

"살짝 편해진 표정입니다. 고개를 들었어요."

카이가 오동나무가 처음으로 잘렸던 중학교 3학년 때를 떠올리지 않은 것은 그럴만한 이유가 있을 것이다. 마음 깊숙이에서 거부하는 그 무엇의 작용일 것이다. 그것을 그대로 내버려 둔다면, 그 다음도 풀릴 수 없다. 매듭은 순서대로 풀어야 풀릴 수 있다. 그래서 미처 과제로 해오지 못했던 중학교 3학년 2학기 막 시작할 때의 나를 불러내자고 했다. 이제 맞은편의 대상을 명료하게 정리하자고 말하며, 이렇게 말했다.

"고등학교 1학년 때, 살짝 편안해진 나는 이제 과거 속으로 들어갑니다. 보세요. 빈 의자예요. 조금 있다가 이 의자에 중학교 3학년 때의 내가 앉을 겁니다. 중학교 3학년이라고 하면, 떠오르는 장면을 먼저 말해보세요."

카이는 고등학교 진학 문제로 아빠와 싸우던 기억이 난다고 했다. 누군가에게 위로와 격려를 받아본 적은 없지만, 그 당시 여자 친구가 있었고 그 친구가 잘해줬다고 했다. 가족들한테는 전혀 지지받지 못했다고 했다. 다시 눈을 감도록 했다. 잠시 뒤 눈을 뜨면 중학교 3학년 때의 나를 만나게 될 거라고 했다. 하나, 둘, 셋! 이제 눈을 뜨세요!

카이한테 중학교 3학년인 내 표정과 시선을 바라보게 했다. 무표정이고 바닥을 바라보고 있다고 했다. 하고 싶은 위로, 격려의 말을 해주라고 했다.

"진학 문제로 아빠랑 싸울 때, 처음으로 매를 맞았을 텐데…… 많이 아팠지? 많이 속상했지? 가고 싶은 학교에 못 가서 속상했을 거야. 끌려가듯 학교에 가곤 했지. 지금 네가 어떤 마음일지 알고 있어. 복잡할 것 같은데, 가고 싶은 학교에 가지 못하고 끌려갔으니 말이야. 그래도 내색하지 않고 잘 다닌 네가 대견스럽다."

나는 중학교 3학년인 카이의 표정과 시선에 변화가 있는지 물어보았다. 별다른 변화가 없다고 했다. 손을 잡아주면서 말해보자고 했다.

" 앞으로 힘든 일이 많이 있어도 주저앉지 말고 마음이 가는 대로 다 했으면 좋겠어."

다시 표정과 시선을 물어보았다. 여전하다고 답했다. 나는 그 당시 색다른 일이 있었던 것은 아닌지 물어보았다. 카이는 등산용 스틱이 부서지도록 아버지한테 맞았다고 했다. 카이는 이어 말했다. 그 당시 성적이 안 좋았다. 선생님들이 마음에 들지 않아서 그랬는데, 또 그때 제대로 된 연애를 하기 시작하던 때였다. 또래였는데 고등학교 2학년 올라갈 때 헤어졌다. 자신의 감정을 숨겼던 시기였다. 어떤 티를 내지 않고 무표정하고 형식적인 웃음을 짓고 표현을 잘 하지 않았다. 그게 지금까지 계속된 것 같다. 오랫동안 그러다가 그래도 최근에는 조금씩 표현하는 편이다. 그 당시 중학교 3학년 때, 어떤 감정이 들었는지 물어보았다. 감정은 잘 생각나지 않는다고 했다. 그때를 생각하면 어떤지 다시 물어보았다.

"복잡해요. 어렸을 때 기억나는 것이 별로 없는데…… 어쩌다 이렇게 되었는지……."

나는 '어쩌다 이렇게'라는 말을 구체적으로 말해보자고 했다. 삶의 목표를 잃고, 살아갈 가치를 모르겠고, 자신도 없는 것이라고 했다. 그리고 옛날얘기를 하면 잘 기억하지 못한다고 반복해서 말했다. 나는 예전 일은 잘 기억하지 못해요!

카이는 과거가 현재와 맞물려서 자신을 꼼짝하지 못하게 하는 것을 알고 있었다. 그런데도 과거에 일어난 일과 감정을 잘 돌아보지 않으려 했다. 내면의 저항이 삐죽 내밀고 고개를 가로젓고 있었다. 빈 의자에 앉아있던 중학교 3학년 때의 나를 물러가게 했다. 내가 그 자리에 앉았다. 저번 2회기 때 했던 종이 인형을 꺼냈다. 카이가 선택했던 대로 동생과 카이, 엄마와 아빠 인형을 세우기 시작했다. 동생과 카이가 옆에 나란히 선 것은 저번 회기와 같았지만, 지금은 아빠와 엄마가 바로 뒤에 서 있으면서 지지해주는 느낌으로 배치를 했다. 그러고 나서 느낌을 물어보았다.

"낯설어요. 이런 적이 거의 없었어요."

지금 동생은 고등학교 1학년이라고 했다. 동생은 지금 이 시기를 어떻게 극복하고 있는지 물어보았다. 합기도 운동을 한다고 했다. 하고 싶은 대로 놔두자고 생각하고 그렇게 하고 있다고 했다. 카이는 중학교 3학년 2학기부터 고등학교 1학년까지 복싱을 했다고 한다. 그 이후로는 아무 생각 없이 게임만 했는데 길게는 하루 5시간 넘게 하기도 했다고 한다. 지금까지도 많이 하는 편이었지만, 20살 때까지는 더 많이 했다고 한다. 지금도 여전히 힘들 때면 게임을 하는데 최근에는 여자 친구를 만나면서 게임 시간이 줄어들었다고 했다.

종이 인형 중에서 '나'를 가리키며 '자포자기의 마음'이라고 말하니 고개를 끄덕였다. 나는 지금까지의 카이의 삶을 영화처럼 상영해보겠다고 말했다. 고아가 된 카이를 연출했다. 뒤에서 지지해주는 엄마와 아빠 존재를 아예 없앴다. 아무리 주위를 둘러봐도 엄마와 아빠가 없다. 카이 옆에는 동생만 있을 뿐 이들을 태어나게 한 부모는 없다. 그렇게 설정된 상황을 카이는 지켜보면서 아무 말도 하지 않았다. 5분 정도가 지났을 때 이렇게 말을 꺼냈다.

"제가 잘못 생각했나요? 어떻게 보면 저를 다 지지해줄 텐데…… 그동안 해왔던 생각을 떨쳐낼 수도 있다는 생각이 들어요."

나는 그래서 좀 전에 말한 대로 '자포자기'인지 물어보았다. 카이가 답했다.

"자포자기란 말이 안 어울려요. 힘들면 지지해주면 되니까요."

숨길 수 없는 미소가 슬며시 나왔다. 나는 박수를 보냈다. 이렇게 안 것만 해도 멋진 성과였다. 자포자기를 탈출하는 것은 쉽지 않다. 스스로 옭아맸던 더께를 걷어낸다는 것은 기적이 분명했다.

다음 순서로 심상 시치료를 진행했다. 조각보 모형이 그려진 종이를 제시하고 그 위, 칸칸마다 '내 인생'하면 떠오르는 단어를 적어보자고 했다. 조각의 모양은 균일하지 않았다. 제각각의 모양을 지녔다. 카이는 조각마다 이렇게 적었다.

인간관계, 자살, 죽음, 게임, 복잡함. 행복, 따스함. 바람. 행운. 친구. 운동. 포근함. 사라지기. 자포자기. 지지. 공감. 심리. 인문학. 잠. 돈. 인생—사랑.

이번에는 각각의 단어에 어울리는 색깔을 넣어 단어를 가리지 않도록 연하게 색칠해보자고 했다. 카이는 갖가지 색연필을 사용해서 부지런히 색칠을 했다. 그렇게 하고 나서 느낌을 물어보았다.

"조잡하지만, 그냥 나를 표현한 거니까요. 어두운 게 많아요."

이 중에서 가장 큰 부분을 말해보자고 했다.

"사랑요. 아직 나를 사랑하는지는 잘 모르겠어요. 갈팡질팡해요. 제 인생에서 바라는 것들이라서 불안해요. 이 모든 걸 이루려면 살아가야 될 것 같긴 한데, 사라지고 싶고 죽음을 생각하는 걸 보면 스스로 불안해요."

카이는 '사랑'을 충분히 받고, 그 사랑을 나누고 싶었을 것이다. 감수성이 예민한 사춘기 시절, 충분히 카이를 지지하며 사랑해주는 것이 절실했다. 그 역할을 부모가 해줬다면, 카이는 오랫동안 '자포자기'의 마음을 갖지 않았을 것이다. 안타깝게도 부모는 싸우느라 바빴고, 엄마는 홀연히 사라졌다. 아무렇지도 않은 듯했지만, 그렇지 않았다. 공기가 빠져나간 고무공이 되어 팽개쳐진 상태가 되어버렸다. 다시 공에 바람을 넣어야 탱탱 소리를 내며 목적지로 나아갈 텐데, 그게 뜻한 대로 잘되지 않는 것이다. 그 혼돈스러움이 삶에서 삐걱거리는 소리를 내고 있다. 바람이 빠져 흐물흐물해진 공을 인제 와서 다시 바람을 넣는다고? 됐어! 라고 오기로 버티는 중이다.

이번에는 평소에 많이 쓰는 말을 떠올려보자고 했다. 혼자 속으로 하거나 겉으로 내뱉는 말도 좋다. 하루에도 여러 번 자꾸 반복해서 하는 말을 세 가지만 적어보자고 했다. 카이는 망설이지 않고 이렇게 적었다. 하루에 여러 번 쓰는 말이라고 했다.

평소에 많이 쓰는 말: 힘들다, 피곤하다, 지친다.

그런 다음, 조각보를 짓기 위해 일상에서 천의 자투리 부분을 모아서 간직해두는 곳을 '맘부'라고 한다고 알려주었다. 맘부 안에 에너지가 되는 마음의 조각을 넣어보자고 했다. '에너지가 되는 마음'은 타인한테 듣는 말이 아니라, 내가 나한테 해주는 말이어야 한다. 그리고 물질이 아니라 비물질로 된 말이어야 한다고 했다. 맛있는 것 먹자, 여행 가자, 놀러 가자, 게임 하자 등등의 말이 아니라 비물질적인, 마음에서 마음을 일으켜주는 말을 떠올려보자고 했다. 에너지 말을 생각해서 적고 나서 그 글자 주위에 원하는 색연필로 동그라미를 해주자고 했다.

> 맘부 안에 들어갈 에너지 말: 사랑해, 잘하고 있어, 잘 될 거야.

카이는 '사랑해'는 빨간색, '잘하고 있어'는 파랑색, '잘 될 거야'는 연두색으로 동그라미를 쳤다. 색깔은 상징적인 의미를 담고 있다. 흔히 빨간색은 심장을 뛰게 하고, 파랑색은 희망을, 연두색은 생명이 움트는 새싹의 이미지를 담고 있다. 눈을 감고 복식호흡을 열 번 정도 반복하도록 했다. 그러는 동안 몸과 마음을 충분히 이완하게 하고 나서 다음의 멘트를 들려주었다.

> 나는 지금, 내가 살았던 그동안의 삶을 조각조각 이어서 아름다운 조각보를 만들어냈습니다. 그리고 지금, 현재, 이 순간에 떠오르는 내 삶의 소중한 마음들을 이어나가기 위해 맘부 안에 간직했습니다. 지금, 나는 아름다운 조각보를 가지고 내 삶에서 가장 힘든 순간을 감싸고 안아주고 덮어줄 것입니다. 이 조각보로 벌거벗은 나, 힘든 나, 아픈 나를 덮어주고 위로해줄 것입니다. 나는 내 삶에서 힘들고 아프고 때로는 흘리고 싶은 눈물을 억지로 참은 수많은 나날을 이렇게 견뎌왔고, 그저 어쩔 수 없이 지나

쳐왔지만, 이렇게 아름다운 조각보로 엮어냈습니다. 이제 그 어떤 아픈 순간, 괴롭고 외롭고 고단한 순간이 오더라도 맘부 안에 이미 넣어둔 긍정의 기운과 함께 아름답게 조각보를 만들 수 있다는 사실을 깨닫습니다. 지금, 이 느낌을 그대로 느껴보시기 바랍니다. …… 지금, 현재의 느낌을 그대로 간직한 채 세 번을 세면 현재로 돌아오면 됩니다. 하나, 둘, 셋!

눈을 뜨고 경험한 것을 말해보자고 했다. 아무것도 떠올리지 않을 수도 있지만, 괜찮다는 말도 빠뜨리지 않았다.

"앞으로 잘될지도 모르겠다는 느낌이 들어요. 떠오르는 이미지는 없었어요. 그저 느낌만 그렇게 들었어요."

훌륭한 느낌이었다! 앞으로 잘될지도 모른다는 느낌! 그것만으로도 감사했다.

카이보고 언제 일어나고 언제 잠이 드는지 물어보았다. 정오에 일어나고 새벽 2, 3시에 잠이 드는데 휴대폰 영상, 주로 유튜브를 보다가 잠이 든다고 했다. 과제를 다음과 같이 제시했다.

첫째, 흐르는 물을 3분간 바라보고 떠오르는 것에 대해 한 줄 이상 적어오기.

둘째, 밤에 잠들기 10분 전에 휴대폰을 끄고 에너지가 되는 말(사랑해, 잘하고 있어. 잘 될 거야)을 세 번 말하기, 아침에 일어나자마자 세 번 말하기, 낮 동안 세 번 말하기. 매일 이렇게 행하기.

에너지의 습관을 바꾸는 적극적 행위였다. 이대로만 해도 놀라운 변화를 가져올 것이다. 쉽게 되지는 않겠지만, 꾸준히 할 수만 있다면 얼마나 좋을까. 카이는 흔쾌히 하겠다고 약속을 했다.

"사랑의 에너지는 대단하다는 걸 느꼈어요. 선생님의 책을 봐도 그렇고요. 자신을 사랑해야 한다는 말이 많더라고요. 그래서 사랑이 바로 에너지를 주는 존재구나, 하는 생각이 듭니다."

카이는 진지한 표정으로 이렇게 말했다. 나는 초기상담 때 2021년에 오도스 출판사에서 출간한 《치유의 빛—우리 문화와 예술 속에 담긴》이라는 책을 카이한테 선물했다. 카이는 그 책을 읽고 있는 중이라고 했다. 카이는 인사를 꾸벅하고 나서 문을 나섰다.

네 번째 만남

조금 애매한 것 같아요

이는 과제를 잘 해왔을까? 매일 유튜브를 보면서 자는 습관을 하루아침에 끊어낼 수 있을까? 잠들기 10분 전에 나는 무엇을 했던가? 맘부 안에 있는 에너지 말을 스스로 하면서 잠자리에 들었던가? 거의는 그랬다. 80퍼센트 정도는 그렇게 해왔다. 나는 하지 않으면서 내담자보고 그렇게 하라고 할 수는 없다. 이율배반적인 사람이 될 수 없기 때문이다. 카이도 80퍼센트 이상은 할 수 있었기를 바라는 마음으로 기다렸다.

카이는 지난 한 주일 동안 평범하게 지냈다고 했다. 부정적인 말을 적게 떠올렸다고 덧붙였다. 과제를 잘했는지 물어보았다. 졸릴 때, 폰을 끄고 눈을 감고 있다가 새벽 2시쯤에 잠들었다고 했다. 잠들기 전에 맘부 에너지 말(사랑해, 잘하고 있어, 잘 될 거야)을 했다고 한다. 아침 10시에 바로 깨어나서는 잘 생각이 안 나서 못 했지만, 씻을 때 했다고 솔직하게 말했다. 일주일에 나흘은 했다며 겸연쩍게 웃었다.

흐르는 물을 바라보았냐고 묻자 절벽이 있는 경치 좋은 바닷가에 갔다고 했다. 사람들이 많아서 볼 시간은 많이 없었지만, 월요일에 아빠 차를 빌려서 갔다고 했다.

"제가 운전하는 것을 좋아하거든요. 그래서 기분이 좋았어요. 바다에 도착하니 해가 너무 쨍쨍거리는 거예요. 너무 더워서 짜증이 났어요. 기분이 안 좋은 채 있다가 여자 친구와 살짝 다투고는 헤어졌어요."

싸운 이유를 물어보니 카이가 짜증을 냈기 때문이라고 했다. 과제는 그날 메모지에 적었다가 나중에 공책에 적은 글이라며 보여주었다. 카이가 쓴 글을 직접 읽어보라고 했다.

> 흐르는 물처럼 자연스럽게 흐르는 대로 살고 싶다는 생각이 들었다.

나는 '살고 싶다는 생각이 들었다'에 동그라미를 치고 별 다섯 개를 그려 넣게 했다. 카이가 '살고 싶다'라는 말을 한 것이 처음이라는 것도 알려주었다. 대단한 카이! 의미 있는 느낌을 가져왔다고 하며 축하해주었다. 이번 여행에서 좋았던 것과 아쉬운 것을 말해보자고 했다.

좋았던 것은 운전했던 것, 여자 친구와 놀러 갔던 것. 아쉬운 것은 날씨가 덥고 사람들이 많은 것. 차라리 계곡이 더 낫지 않았을까, 하는 생각이 든 것이라고 했다. 여자 친구와는 곧 화해했는데, 다음 날 카이가 먼저 만나자고 했다고 한다. 만나서 서운한 것을 얘기하고 잘못된 점을 짚으면서 풀어나갔다고 했다.

카이는 최근 아빠한테 일어난 교통사고로 결국 벌금을 물게 생겼다고 했다. 재판 결과가 어떻게 나올지는 모르겠지만, 그렇게 추정한다는 거였다. 가게를 팔고 집을 내놓고 동생과 함께 원룸으로 이사를 하고 아빠는 다른 지역으로 가야 할 것 같다고 했다는 거였다. 월요일에 놀러 갔다 오니 아빠가 그런 얘기를 꺼내더라는 거였다. 확정된 것은 아니었고, 그럴 예정을 의논하더라는 거였다. 다른 지역에 아빠와 같이 가서 일하면 돈을 주겠다고 했다고 한다. 그런데 동생이 혼자 남겨져야 해서 신경이 쓰인다고 했다. 아직 고등학교 1학년인 동생을 혼자 두는 것은 마음이 내키지 않는다는 거였다. 동생은 유일한 스트레스 해소법이 운동이라서 운동을 계속하고 있다고 했다. 같이 살던 이모가 다른 지역에 가서 안 오고 있어서 아빠가 그곳으로 이사하려고 하는 것 같다는 생각도 든다고 했다. 그곳에 아빠의 지인도 많아서 새롭게 정착하고 싶다고 했다는 거였다. 그리고 카이는 신변에 일어난 다음의 이야기도 들려주었다.

이번 주에 병무청에 갔다 왔는데 '적응 곤란자'로 되어 있어서 해야 할 공익 기간이 정해져 있다는 말을 들었다. 공공기관에서만 근무할 수 있는데 그곳을 선호하는 사람들이 많아서 쉽게 자리가 잘 나오지 않는다고 했다. 그렇게 그냥 기다리다가 3년이 지나면 면제받게 된다고도 들었다. 복학을 해도 기다릴 수 있다고 들었지만, 다른 곳에 편입학하거나 복학해서 학교에 다니게 되면, 졸업 시점에서 다시 3년을 기다려야 한다. 지금 당장은 아르바이트도 하고 있어서 일단 3년 정도를 기다려야겠다고 생각하고 있다고 했다.

이렇게 근황을 듣고 나니, 과도기적인 카이의 삶에서 앞으로 많은 변화가 일어날 거라는 생각이 들었다. 다만, 살아있어야 했다. 살고 싶을 때, 살 수 있을 때 많은 것을 겪게 될 것이다.

혹시 맘부의 에너지 말, '사랑해, 잘하고 있어, 잘 될 거야'라는 말을 과제로 제시한 세 번 이외에 더 해봤는지도 물어보았다.

"부정적인 생각이 들려고 할 때마다 일부러 그 말을 했어요. 아무것도 하기 싫다, 이런 생각이 들 때마다 계속 그 말을 하고 있으니까 복잡하던 머리가 정리되더군요."

놀라웠다. 역시, 카이! 주어진 과제만 하는 식이 아니라, 창의적으로 해석해서 활용하는 적극성을 띠고 있었다. 아주 멋지다며 아낌없이 칭찬을 해주었다.

이번 회기에는 총 두 가지 심상 시치료를 준비했다. 첫 번째는 '나만의 새'였다. 혹시라도 새에 대한 거부감이 있을까 봐 '새' 하면 떠오르는 것에 대해 말해보자고 했다. 새가 날아다니니까 하늘이 생각난다고 하면서 새를 좋게 여긴다고 말했다. 일단, '새'에 대해 긍정적인 이미지를 가지고 있으니 부담 없이 '새'를 떠올리면 되겠다고 말해주었다. 이제 '나만의 새'를 다음과 같이 소개했다.

내가 잉태되었을 때부터 내 마음에 살고 있는 새인데, 나는 지금까지 잘 모르고 살아왔다. 비판이나 비난을 하지 않고 오로지 위로와 격려만 하는 새이다. 그것은 멍청해서가 아니라 지혜롭고 아름다운 천사의 마음을 가지고 있어서다. 늘 나와 함께 했으므로 내 삶을 너무나 잘 알고 있는 지혜롭고 따뜻한 새의 이미지를 잘 떠올려보자고 했다. 이름을 불러줘야 비로소 내 앞에 나타나게 된다고 했다. 이미지를 잘 떠올려서 '나만의 새' 이름을 지어주고 이름을 짓게 된 이유를 말해보자고 했다. 카이는 '해피'라고 짓고는 옛날에 재미있게 봤던 만화에서 나오는 동물 이름이어서 그렇게 지었다고 했다. 생김새를 묻자 몸집은 작고 노란색이며 잘 웃는다고 했다. 일본 만화에서는 해피가 고양이로 나오는데 몸집이 작고 노란색이고 뽀로로 주둥이를 가졌다고 했다. 보들보들한 털도 있는데 나만의 새도 보들보들하다고 했다.

이번에는 눈을 감고 복식호흡으로 온몸을 이완하게 했다. 나만의 새 '해피'를 위로와 격려가 필요한 과거로 보내어 메시지를 들어보고 나서 눈을 뜨게 했다. 늘 그렇듯이 아무것도 떠오르지 않을 수도 있다. 혹은 졸거나 다른 생각에 빠질 수도 있다. 이 모든 것을 있는 그대로 말해보자고 했다. 카이는 아무것도 안 떠올랐다고 했다. 그래도 괜찮으니 상상해서 한번 써보자고 했다. 내 삶에서 따뜻함이 필요한 과거의 시간 속에서 해피가 찾아가서 메시지를 들려주는 것을 상상해서 적으면 된다고 알려주었다. 카이는 이렇게 썼다.

> 고등학교 1학년 때, 야자를 강제로 하게 되어서 충격을 먹었을 때. 3월 어느 날 오후 7시쯤. 해피는 그런 내게 "너라면 잘 버틸 거야, 많이 충격이고 네 마음에 안 들면 다 놓겠지. 괜찮아. 그런 것 자체도 너니까, 그걸 바꾸려고 하지 마. 그냥 지금의 너는 잘할 거고 그렇게 하나씩 하다 보면 좋은 것이 찾아올 거야"라고 격려해 준다.

카이는 잘 해냈다. 이렇게 상상하는 것만으로도 효과는 똑같다. 상상만 해도 인간의 뇌는 그렇다고 믿어버리기 때문이다. 고등학교 1학년 때로 가서 위로를 받은 카이.

이번에는 다시 눈을 감고 온몸을 이완한 뒤 지금, 현재, 이 순간에 해피의 메시지를 들어보자고 했다. 눈을 뜨며 카이가 빙긋 웃었다.

"안녕? 이라고 했어요. 그래서 저도 안녕? 이라고 했어요."

카이는 밝은 표정이었다. 오, 이번에는 제대로 만났다. 해피 새를 만난 것을 축하해주었다. 이번에는 가족 세우기를 해보자고 했다. 처음에 가족 세우기를 했을 때와 달랐다. 카이는 아빠가 동생과 카이 쪽으로 몸을 돌려 바라보는 자세를 취했다. 엄마는 약간 떨어져 있지만, 처음에 했던 것보다 훨씬 많이 카이와 동생 쪽으로 가까이 서 있었다. 역시, 이들 형제를 바라보고 있었다. 카이한테 그렇게 변화를 준 이유를 물어보았다.

"아빠랑 얘기를 많이 해봤어요. 최근에요. 제 생각을 많이 하시더군요. 그래서 이렇게 몸을 돌려서 동생과 나를 바라보는 것으로 바꿔놓았어요."

이제 두 번째 심상 시치료를 진행했다. '행주치마'가 무엇인지에 관한 얘기를 나눴다. 카이는 사극에서 보았을 뿐, 실제로는 행주치마를 본 적이 없었다고 했다. 치마 앞에서 가장 먼저 직면하는 역할로 여러 허드렛일을 도맡아 하면서 전쟁터에서는 돌까지 날라서 승리를 이끈 일등 공신인 행주치마의 유래에 대해 알려주었다. 다음으로 '내 삶의 행주치마'에 대해 적어보자고 했다. 카이는 이렇게 적었다. '내 삶의 행주치마'는 용기를 가지고 직면하고 허드렛일을 도맡아 하면서 삶을 승리로 이끈 역할을 했던 것을 의미한다고 알려주었다.

1. 병무청에 간 일.
2. 동생을 생각해서 옆에 있어야겠다고 마음을 가진 일.
3. 알바를 두 달 동안 포기하지 않고 가는 것.
4. 직장을 구하거나 학교에 복학하는 것.
5. 좌회전을 하다가 직진에서 끼어들기를 한 것. 초보인데 상황을 잘 파악해서 한 것.

글을 쓰고 난 뒤의 느낀 점을 물어보았다.

"아직도 엄마, 아빠가 헤어진 것, 가정 분위기가 나와 상관이 있다는 생각이 안 들어요. 애초에 나는 무덤덤했는데……."

그럴 것이다. 부모님의 이혼과 자신의 삶이 그렇게 연관되어 있지 않다고 여길 수 있다. 그런데도 힘이 빠지고 살아갈 의미를 잃어버리고 사랑을 바라지만, 동시에 사랑 따위는 없다고 생각하기도 한다. 엄마를 보고 싶은 것만큼 엄마를 밀어내기도 한다. 이 모순 덩어리가 바로 인간의 심리인 것이다. 겉으로는 무덤덤했을 테지만, 어린 카이는 자신이 무력하다는 것을 잘 알고 있었다. 헤어지고 집을 나가는 어머니를 말릴 그 어떤 힘도 없었다. 카이가 어떻게 부모의 살벌한 갈등을 잠재우고 평화로 이끌 수 있었겠는가. 도저히 어떻게 할 수 없는 무기력이 감돌았을 카이를 떠올려본다. 참, 가슴이 아리다. 아무렇지도 않은 듯, 괜찮은 듯 살았을 것이다. 엄마, 아빠. 제발 화해 좀 해. 헤어지지 마! 이런 말 한마디도 제대로 못 했을 카이. 나중에는 짐을 싸는 엄마한테 간신히 동생이 아직 어리니까 이혼하면 안 될 것 같다고 말했지만, 오히려 역정을 냈던 엄마. 아무리 도리질을 쳐봐도 분명했다. 가족의 분위기가 카이의 정서에 결정적인 영향을 주었다는 것이다. 그런데도 그 사실을 부인하고만 싶은 카이.

마음을 떠올려보자고 했다. 마음을 도형으로 나타내면 어떨까? 보이지 않기에 무슨 도형이냐고 하겠지만, 그래도 한번 상상해보자고 했다. 네모일까, 세모, 별 모양일까? 다이아몬드? 카이는 동그라미라고 했다. 동서고금을 막론하고 오랫동안 인간의 마음을 동그라미로 표현해왔다. 우리나라 국기의 가장 중앙에 있는 태극도 음과 양이 부둥켜안은 채 동그라미로 그려져 있다. 동그라미 겉은 무수한 점들로 이루어져 있다. 점 각각의 위치들이 달라서 그 점들이 선으로 이어져서 동그라미가 이뤄진다. 그런데 변하지 않는 점이 있다. 그 불변의 점은 어디일까? 바로 원 안의 점, 중점이다. 그곳에 빛과 어둠 중 어떤 것이 존재할지 물어보았다. 카이의 마음 중심에 무엇이 있을까? 카이는 '어둠'의 손을 들어주었다. 나는 인간이면 누구나 마찬가지인데, 어둠이 아니라 빛이 있다고 분명히 말해주었다.

다만, 하늘에 먹구름이 가리면 어두워 보이듯 가려지면 어둡게 보일 뿐이라고 했다. 먹구름이 사라지면, 여전한 하늘이 나타나듯이 우리의 마음도 늘 빛이 존재하는 거라고 했다. 원인도 모를 많은 이유때문에 빛이 가려지면, 에너지가 빠져나가고 삶에 대한 의미가 사라지기도 한다. 그런 상태에서 여전히 빛은 너무나 아름답고 환하게 존재하고 있다.

그런 다음 눈을 감고 이완하면서 열 번 정도 복식호흡을 하고 나서 다음의 멘트를 들려주었다.

> 나는 내 삶의 행주치마를 가지고 있습니다. 이 치마는 더러움을 가장 먼저 직면하게 하고, 힘들 때 맞서서 싸우게 하고, 나를 보호하고 감싸주는 용기를 가지고 있습니다. 내 삶은 안전하게 편안하게 보호받고 있습니다. 내 삶은 소중하게 보호받고 있습니다. 그것을 해내는 것은 바로 내가 가진 행주치마입니다. 이 행주치마는 우주의 강한 에너지이기도 합니다. 나는 강한 우주의 에너지를 받고 있습니다. 내 삶의 행주치마를 나는 고스란히 간직합니다. 언제, 어떤 일이 있더라도 이 행주치마는 생애 끝날까지 늘 나와 함께 합니다. 지금의 느낌을 그대로 느껴보시기 바랍니다. … … 지금, 이 느낌을 그대로 간직합니다. 느낌을 간직한 채 세 번을 세면 눈을 뜨시면 됩니다. 하

하나, 둘, 셋!

"이때까지 했던 얘기, 마음의 중심에 빛이 있다는 것, 다른 상담을 하러 가도 상담 선생님들이 다들 이렇게 말하는 것 같아요. 그리고 행주치마 멋져요. 가장 먼저 직면하고 힘든 일도 이겨내는 그런 존재니까요."

방금 경험한 느낌을 말해보자는 이야기를 꺼내기도 전에 카이는 이렇게 말했다. 마음의 중심에 빛이 있다는 것이 아직 못 미더울 것이다. 하늘에 잔뜩 먹구름이 드리워져 있는 날씨가 오래되었다면, 그럴 만도 하다. 하늘이 원래부터 까맸어! 저런지 5년도 더 됐어! 그것만 보일 뿐이었다. 그렇더라도 희망을 품고 함께 갈 것이다.

다음 주까지 할 과제를 제시했다.

> 첫째, 나무를 3분간 안고 떠오르는 것을 한 줄 이상 적어오기
> 둘째, 맘부 에너지 말(사랑해, 잘하고 있어, 잘 될 거야)을 하루 세 번씩 날마다 하기. 아침에 일어나자마자, 낮 동안, 잠자기 직전.
> 셋째, 나만의 새, '해피' 메시지를 자기 직전에 듣고 적어오기('해피' 메시지를 듣고 나서 잠자기 직전에 하는 맘부 에너지 말하기).

마무리를 하면서 이번 4회기 참여 소감을 말해보자고 했다.

“복잡해요. 생각이 많아져서 그런 것 같기도 해요. 항상 프로그램하고 갈 때는 그래요. 자고 일어나면 이 복잡한 생각이 사라져요. 평소에는 복잡한 것이 안 나타나거든요. 생각을 하면 복잡해져요. 내가 생각했던 나랑 선생님이 말하는 나랑 다른 사람이 보는 나랑 다 다르고 항상 상담하면 복잡해지는 것 같아요. 그동안 상담해왔던 다른 곳에서도 다 기억은 안 나는데 머리가 복잡했던 것 같아요.”

평소에 나를 어떻게 생각하는지 물어보았다. ‘생각이 없는 아이’라고 답했다. 다른 사람은 카이를 어떻게 생각하고 있는지 물어보았다. 들어본 기억은 없지만, 자신을 보고 ‘쉽게 포기하는 아이’라고 말할 거라고 했다. 치료사는 카이를 어떻게 생각하는 것 같은지 물어보았다. ‘생각이 깊은 아이’라고 여기는 것 같다고 했다. 나는 혹시 생각하기 싫어서 생각이 없다고 하는 것은 아닌지 물어보았다.

“맞아요. 생각하기 싫어서 생각을 안 하려는 것 같아요. 아빠가 말했던 것, 주위 친구들도 제가 어떤 일정한 기간이 되면 쉽게 안 하려고 하고 포기하려고 하고 그런 경향이 있는 것 같다고 했어요. 예를 들면, 복싱을 했는데 그만두려고 했고, 군대도 어떻게 보면 내가 결정해서 갔는데 포기하는 것으로 보일 것 같아요.”

카이 나이 때, 나는 더했다. 늘 그만두고 싶었고 그만두곤 했다. 뭘 하던 끝까지 하는 게 없었다. 하면서도 맞는지 늘 의심했다. 5월 광주항쟁에 대한 추모의 시를 학보사에 기고하고 게재된 적이 있었다. 그 진취적인 시를 보고 총학생회 후보가 나를 찾아왔다. 같은 학과여도 번호순으로 나누어져 그 여학생은 다른 반이었다. 처음 보는 그녀가 나를 설득했다. 엉겁결에 나는 수행 참모를 겸하는 정책 참모가 되고 말았다. 노래 가사를 선전 가사로 바꿔서 부르도록 하기도 했다. 이른 새벽부터 교문 앞에서 단 한 벌뿐인 정장을 입고 기호 2번을 외치기도 했다. 선거 정책을 짜느라 밤샘을 하기도 했다. 그렇지만 나는 늘 회의적이었다. 그 짧은 선거운동 기간 동안 그만두어야겠다고 말한 적이 한두 번이 아니었다. 생각은 더 많았지만, 그나마 실토한 것은 몇 번 아니긴 했다. 하지만, 그것은 치명적이었다. 사실 나는 진취적이지 못했던 것이다. 우유부단하고 자신감도 없으며 머리 위에는 온통 먹구름투성이였다. 내가 벌였던 정책이 먹혀들어 갔는지 기호 2번은 우수한 표 차이로 당선되었다. 선거에서 활약한 공신들이 총학생회 임원으로 임명되는 것이 관례였지만, 나는 지나가는 말이라도 권유를 받지 못했다. 할 만하면 그만두겠다고 했던 나는 신임을 잃었던 것이다. 그 일이 두고두고 기억이 난다. 웬만하면 같이 고생을 해서 이뤄진 결과여서 끝까지 가야 했겠지만, 객관적으로 나는 포기하는 이상한 아이로 낙인이 찍힌 셈이었다.

일화는 그것만이 아니었다. 한창 우울증에 사로잡혔을 때 참 곤혹스러웠던 것이 도서관이었다. 즐겨 도서관을 찾아서 책을 빌려오곤 했지만, 책을 반납할 자신이 없었다. 대출 기간 2주일을 넘기기 전에 나는 이미 이 세상 사람이 아닐 것 같아서였다. 만약 그렇게 된다면, 이 책을 빌려보고 싶은 사람한테 미안해서 어떻게 해야 할까. 늘 미안한 마음으로 대출을 했고 다행히 반납을 해왔다. 그게 늘 반복되었다. 살아야 할까, 아니 사라져야 할까.

왔다 갔다 하는 마음, 갈팡질팡하는 마음을 온전히 털어놓은 대상도 없었다. 심리상담? 그런 게 이 세상에 존재한다는 것도 모를 때였다. 지지해주거나 이끌어 준 사람도 없었다. 20대 초반은 암흑 그 자체였다. 카이의 나이 때 나는 늘, 늘, 늘 자살을 꿈꾸고 있었다. 만약 내가 남자여서 군대에 갔다면 나도 카이처럼 했을 것이다. 그러던 내가 그 암흑을 어떻게 걸어 나오게 되었을까. 불가사의한 일이다. 도저히 인간의 힘으로 이뤄지는 일이 아니다. 신 따위는 없다고? 웃기지 마라. 신이 아니면 나는 그 지독한 암흑을 헤쳐나올 수 없었을 것이다. 누가 뭐라고 해도 나는 그 사실을 너무나 명확히 알고 있다.

이런 마음을 담아서 카이한테 말했다. 오래전, 나도 지독한 우울증을 앓았고 그때는 상담 치료를 받지도, 누군가에게 지지받지도 못한 채 지냈다고 했다. 과거의 나는 늘 하다가 그만두기만 했고 무엇하나 제대로 해내지 못했다고 했다. 놀랍게도 마음이 건강해지면서 끈기와 성실함이 생겼고 한 가지 일을 시작하면 끝까지 해낼 수 있었다고 했다. 카이도 분명 그렇게 될 거라고 말해주었다. 카이는 눈을 반짝거리며 내 말을 고스란히 듣고 있었다. 혹시 아빠는 카이가 상담 치료를 하고 있는 것을 아는지 물어보았다.

"네, 알아요. 효과 있냐고 물어봐서 아직 초반이어서 잘 모르겠다고 했어요. 지금은 조금 애매한 것 같아요. 선 하나를 두고 살고 싶다거나 죽고 싶다고 번갈아서 생각하곤 해요."

선 하나를 두고? 이제 그 선을 올바르게 넘어설 때가 올 것이다. 이전에는 어땠는지 물어보았다.

"늘 죽고 싶었지요."

그렇다면 점점 좋아지고 있는 게 분명했다. 스스로도 알아차릴 수 있을 것이다. 그렇게 말해주니 카이는 싱긋 웃었다.

다섯 번째 만남

생각보다는

나무한테 배울 점이 많다. 모든 식물이 그러하듯 나무는 불평을 하지 않는다. 주어진 자리에 붙박여서 하늘로 자라 올라간다. 무성한 가지들을 뻗으면서 그 어떤 상황에도 꿋꿋이 버텨낸다. 답답하고 갑갑하게 억지로 버티는 것이 아니라 우람하고 듬직하게 견뎌낸다. 오래 자란 나무한테서 나오는 특유의 신령스러운 분위기가 있다. 감정 혼란이 극치에 달했을 때 내가 바라보았던 나무들이 내 스승이었다. 눈을 감고 침묵하며 성장하는 나무들만이 내 존경의 대상이 되었다. 그 나무를 끌어안아 보면 뿌리의 탄탄한 에너지를 느끼게 된다. 올곧게 제대로 뿌리를 내린 나무들은 든든하기 그지없다. 그 나무의 기운을 카이는 어떻게 느꼈을까?

카이는 자리에 앉자마자 과제 공책부터 내밀었다.

* 나무를 3분간 안고 떠오른 느낌과 생각: 나무는 씨앗부터 시작해서 나중에는 크고 단단한 나무가 된다. 여기까

지 오는 과정이 있었을 것이다. 나무는 거센 바람, 폭풍우 등 이 모든 시련과 고통을 이겨내고 단단한 나무가 된다. 참 대단하다.

* 나만의 새 메시지:
8월 20일: "반가워. 고민이 많아 보이네. 걱정하지 마. 다 잘 될 거야."
8월 23일: "오늘 하루도 고생했어."

참 대단하다! 카이도 나와 같은 생각을 한 것이다. 모든 시련과 고통을 이겨낸 나무! 나무한테 가르침을 받아 나무를 닮은 나처럼, 카이도 나무를 본받게 될 것이다.

카이가 공책에 적어온 글을 소리 내어 직접 읽어보라고 했다. '모든 시련과 고통을 이겨내고 단단한 나무가 된다'라는 부분에 줄을 긋고 별 다섯 개를 그려주었다. 카이는 나무를 안을 때 꺼림직했다고 한다. 벌레가 무서워서 빨리하고 끝내자고 생각했다는 거였다. 전날 밤, 집 앞에 있는 나무를 안았다고 했다. 집중이 잘 안되었지만 그래도 안아보자고 결심하고는 실행했다. 그런 다음, 이런 마음이 들었다고 했다. 참 대단한 나무!

맘부 에너지는 아침에 눈 뜨자마자는 잘하지 못했지만, 씻으면서 했고 낮 동안도 했지만 자기 전에는 잘하지 못하고 그냥 잠들었다고 했다. 여자 친구와 전화를 하다가 잠이 오면 자곤 해서 놓쳤다는 거였다. 좀 더 잘할 수 있도록 해보자고 했다. 여자 친구한테 과제가 있으니 해야 한다고 말하고 짬을 내어서 하자고 했다. 카이는 알겠다며 이제부터는 그렇게 하겠다고 했다. 맘부 에너지는 낮에 갑자기 생각날 때도 있었다고 했다. 특히 이번 주는 앞날에 대한 걱정을 많이 했는데 그러다 보니 머리가 복잡해졌다. 머리를 식혀야겠는데 어떻게 할까 생각할 때 맘부 에너지 말이 바로 생각났다. 그렇게 떠올리고 나서는 솔직히 복잡한 생각이 멈춰지고, 아무 생각이 안 나더라고 했다. 머릿속이 복잡해졌을 때 '맘부 에너지 말'을 떠올린다는 것은 훌륭했다. 참, 대단한 카이! 맘부 에너지 말, "사랑해, 잘하고 있어. 잘 될 거야"를 지금 다시 해보자고 했다. 카이는 자연스럽게 자신에게 에너지를 넣어주었다.

'나만의 새' 메시지를 두 번밖에 하지 않은 이유를 물었다. 갑자기 잠들어서 그렇다고 했다. 아직 습관이 잘 되지 않은 것이다. 그렇지만 나는 좀 더 채근하기로 했다. 다음 주에는 성실하게 해올 수 있도록 당부했다. 최근에는 몇 시에 일어나는지 물어보았다. 이번 교통사고로 아빠의 면허가 3년간 취소가 되었고, 그래서 아빠의 출퇴근을 카이가 직접 시켜주고 있다고 했다. 그런 이유로 아침 일찍 일어나는데 7시 30분쯤 일어나서 아빠를 출근시키고 그다음 와서 다시 잠든다고 했다. 오후에는 8시 30분까지 태우러 간다고 했다. 다녀와서 새벽 1시쯤에 잠든다고 했다. 아빠가 그렇게 운전해달라고 부탁해 와서 바로 들어드렸다고 했다. 카이는 아빠의 출퇴근을 책임지게 된 셈이었다.

나는 카이에게 자신을 스스로 어떻게 생각하는지 물어보았다.

"아는 건 많은데 하지 않는 아이. 갈팡질팡해요. 머리가 텅 비고 기억이 잘 나지 않고. 그런데 마음은 평안해요. 미래에 대해 생각해야 하는데 잘 생각이 안 나요. 이번 주에는 그냥 계기가 딱히 있었던 것은 아닌데⋯⋯ 뭘 해야 할까? 복학해야 하나? 잘할 수 있을까? 잘 못할 것 같다, 뭐 그런 여러 생각을 했어요."

머릿속이 복잡한 정도를 알아야 했다. 군대에 있을 때와 비교해서는 어떤지 질문해 보았다.

"군대 있을 때도 그랬어요. 죽고 싶다는 생각이 들었고요. 사실, 군대를 나온 것에 대해 후회는 없어요. 사람은 죽을 때가 되면 죽잖아요. 항상 사라지고 싶으니까 죽음이 전제로 깔려 있어요. 그러니 삶에 대한 의미가 없고, 나라는 존재가 없었으면 좋겠고 그래요. 자살을 많이 생각했지만, 자연적으로 죽는 것도 어차피 죽는 것이니 그냥 자연사할 때까지 기다려보자는 생각도 들어요. 어차피 죽을 건데 열심히 할 필요가 없는 것 같아요. 왜 열심히 해야 하는지 모르겠어요. 학교가 정말 싫은데 다녀야 하나? 물론 이득이 되는 점도 있긴 해요. 자격증을 따면 전문직으로 취업은 하겠지만, 그렇게까지 열심히 살아야 하나? 그런 생각도 들어요. 아직도 갈팡질팡해요."

펄럭이는 깃발과 같이 마음이 오락가락하는 것이다. 미래는 불투명하고, 지금 당장도 불투명하다. 그런데 신기한 것은 카이가 한 말 중에서 '마음은 평안해요'라는 부분이다. 불안하고 걱정스럽고 조바심이 나지 않는다는 사실. 여러 생각의 갈래들로 힘들 텐데도 평안한 마음이라니! 오늘은 카이의 오래된 갈등을 끝낼 수 있을지도 모른다. '평안'에 초점을 맞춘다면 카이의 마음을 들쑤시던 혼동스러운 생각들도 껍질이 벗겨질 것이다.

준비한 심상 시치료는 '반가사유상'이다. 마침 국보 83호인 금동미륵반가사유상을 본뜬 작은 예술품을 소장하고 있어서 보여주었다. 반가사유상에 대한 느낌에 관해 말해보자고 했다. 카이는 고요하고 평온한 느낌이 든다고 말했다. 이런 느낌을 가져 본 적이 있는지 물어보니, 그런 적이 없다고 답했다.

"이 상이 무슨 생각을 하고 있을 것 같나요?"

내 물음에 카이가 바로 답했다.

"생각보다는 명상을 하는 것 같은데요."

생각과 명상이 어떤 차이가 있는지 물어보았다. 카이는 복잡한 생각을 하지 않는 것, 더 많은 생각을 하지 않으며 평안한 상태가 명상이라고 답했다. 카이가 스스로 한 번씩 아무 생각을 하지 않을 때와 같은지 물어보니 다르다고 했다. 자신은 생각하지 않을 때조차도 복잡하다고 했다. 생각을 안 하려는 것은 도망가는 것인데 생각이 텅 비어 있으면 편하지만 동시에 불안하다고 했다. 그런데 이 상은 평안한 명상의 상태라고 했다.

이제는 이 반가사유상처럼 포즈를 취해보자고 했다. 카이는 왼쪽 다리 위에 오른쪽 다리를 올리고 그 위에 팔꿈치를 갖다 댄 다음 둘째, 셋째 손가락을 뺨에 닿게 한 뒤 시선을 내렸다. 다른 쪽 손은 오른쪽 발을 살며시 잡았다. 카이는 반가사유상이 되었다. 눈을 감고 3분 정도 그대로 반가사유상이 되어보자고 했다. 3분간 침묵한 뒤 느낌을 한 단어로 떠올려보자고 했다. 카이는 '평안함'이라고 했다. 눈을 감고 이 사람이 되고자 떠올려보니 이런 단어가 생각났다고 했다.

이제 이 에너지를 고스란히 가진 채 눈을 뜨고 바로 앉아보자고 했다. 그리고 따라 해보라고 했다.

"내 인생의 주인공은 나다."

"내 인생의 주인공은 나다."

카이는 기계적으로 따라 했다. 이 말에 대해 생각해본 적이 있는지 물었다. 그런 말을 들어봤긴 했지만, 한 번도 생각을 안 해봤다고 했다. 그러면서 하고 싶은 것만 하면서 살고 싶다고 했다. 하고 싶은 것이 무엇인지 말해보자고 하니, 잘 모르겠다고 했다.

앞 회기에 간간이 진행했던 종이 인형을 다시 꺼냈다. 카이와 동생을 나란히 세우고 엄마, 아빠를 바로 뒤에 세웠다. 이렇게 부모님이 지지해주고 있다는 말을 해주었다. 아들들이 잘되라고 항상 마음 깊이 기원하고 있으며 사랑의 에너지를 보내주고 있다고 했다. 눈앞에 보이면서 하지는 않지만, 마음으로는 이렇게 늘 함께 존재하고 있다고도 했다. 카이는 부인하지 않았다. 부모가 무슨 상관이에요? 가족 이야기는 듣기 싫어요. 부모는 나와 관계가 없어요! 이렇게 하지 않았다. 아마 지금이 첫 만남이라면 그렇게 했을지도 모를 일이다. 카이는 천천히 고개를 끄덕였다.

나는 지금 고등학교 1학년인 동생 역할을 해보겠다고 했다. 형인 카이한테 카이가 늘 하듯이 부정적이고 무척 비관적인 말을 해댔다.

"죽고 싶어. 이렇게 살면 뭐 해? 어차피 죽으면 모든 게 없어질 텐데. 앞날이 온통 깜깜해. 뭐 하러 인생을 살아? 살 필요 없어. 죽어버리자."

나는 카이가 주로 했을 마음속 말을 꺼냈다. 그것도 동생이 한다는 셈 치고 해보았다. 카이가 말했다.

"안타까워요. 나와 똑같은 생각을 하고 있어서요."

나는 카이한테 그런 동생한테 들려줄 말을 직접 해보라고 했다.

"사는 의미를 나도 모르겠지만, 너까지 그럴 필요가 없다는 생각이 들어. 하고 싶은 것, 원하는 것이 없으면 당연히 죽고 싶겠지. 하지만 그걸 찾아낸다면 좀 다르지 않을까?"

카이는 충고를 하고 있었다. 동생을 사랑하는 마음에서 애가 타서 하는 말이었다. 실상 자기 자신에게 하는 충고이기도 했다. 카이의 말은 꿈을 의미하는 것일까? 꿈을 찾으라는 말인지 물어보자 다시 말을 이어갔다.

"원래 인생은 그런 거야. 처음부터 꿈을 가지고 태어나는 게 아니라 그걸 찾는 게 삶이야. 찾아보려고 노력해보면 돼. 노력도 안 하면 그건 좀 그래. 작은 일 하나라도 노력을 좀 해봐."

나는 잠깐, 이 순간 나만의 새 '해피'가 무엇이라고 하는지 격려의 메시지를 들어보자고 했다.

"아무 생각하지 마"라고 말해줬다고 했다. 나는 책상의 안쪽으로 금동미륵보살반가사유상을 놓고 일직선을 그으며 책상의 끝을 가리켰다. 이쪽은 부정, 상이 있는 쪽은 긍정이라고 말했다. 그리고 카이가 처음에 선택한 '나'에 해당하는 종이 인형을 들고 부정으로 선택해서 갈 것인지, 반가사유상이 놓여있는 긍정으로 선택해서 갈 것인지를 정하라고 했다. 카이는 1초 만에 부정으로 가겠다고 선택했다. 이번에는 동생 인형을 놓고 어떤 길을 선택할 것인지 생각해 보라고 했다. 다음으로 여자 친구 인형을 놓고 선택해보자고 했다. 카이는 아무런 선택을 하지 못하고 가만히 머물러 있었다. 먼저, 동생의 선택을 앞두고 해줄 말을 해보자고 했다.

"미래는 확실하지 않아서 많이 두려운가 보구나. 그래서 자신이 서지 않겠지만, 그냥 행복을 찾으면서 살면 괜찮지 않을까?"

카이가 해준 말에 내가 동생이 되어 질문을 던졌다.

"형, 행복을 찾을 수 없으면 죽어도 되지?"

잠시 머뭇거리더니 카이는 자신은 괜찮은데 다른 사람들은 죽으면 안 된다고 했다. 이번에는 부정을 선택한 나 자신한테 내가 직접 말을 걸어보자고 했다. 나를 상징하는 종이 인형을 놓고 말을 걸게 했다.

"카이야, 왜 죽고 싶니? …… 저, 할 말이 없어요."

카이는 자신한테 말을 걸 수가 없다고 고개를 내저었다. 나는 해야 한다고 말했다. 동생한테 들려주듯이 나 자신한테 들려줄 말이 있을 거라고 했다. 카이는 여전히 아무 말도 하지 않았다. 긍정의 길과 부정의 길 중에서 다시 선택해보자고 했다. 부정의 길은 걷잡을 수 없는 낭떠러지가 펼쳐진 길이다. 그쪽은 그대로 나락일 뿐이다. 긍정의 길은 '평안함'이 있는 곳이다. 다시 선택을 해보자고 했다. 카이는 좀처럼 답하지 않고 고개를 푹 숙인 채 망설이고만 있었다. 그렇게 몇 초가 흐르고 있었다. 카이의 내면은 요란하고 시끄러운 전쟁이 일어났을 것이다. 긍정으로 해? 아냐, 지금까지 해온 대로 해. 인제 와서 뭘 긍정하고 그래? 그래도 긍정을 해야 하지 않을까? 뭘, 긍정 따위는 갖다버려! 그냥 생긴 대로 놀아. 넌 초라하고 볼품없고 되는 일도 없고 뭐든지 포기했잖아. 그냥 그렇게 자포자기하고 말아. 아냐, 그래도 긍정으로 선택해서 살면 긍정이 되지 않을까? 웃기고 있네! 네까짓 게 무슨 긍정을 한다고 그래? 넌 아무것도 아니야! 전혀 아무것도 아닌 무! 제로! 네 특기대로 해. 포기하고 도망가고 회피하고 주저앉고 그만두고. 그게 내 인생이 아니야. 난 그래도 살아있어. 그래, 살아있으면서도 죽어 있지. 인간은 누구나 죽는 거야. 이미 죽을 목숨, 뭘 그렇게 아등바등 살려고 그래? 그 어떤 의미도 없어. 그냥 부정으로 가! 그렇지만 긍정 쪽은 어떨까? 그쪽으로 가보면 어떤 일이 벌어질까?

갈피를 잡지 못하고 펄럭이는 카이의 내면이 그대로 보였다. 내면의 한 부분은 그동안 젖어왔던 대로 부정으로 가라고 떠밀고 있었다. 한편, 최근에 새롭게 자각한 '마음의 빛'이 실오라기 같은 빛을 비추면서 긍정을 선택하자고 카이의 마음을 어루만져주고 있었다. 카이의 침묵이 꽤 길어지고 있었다. 침묵하는 이유를 묻자 이렇게 답했다.

"항상 부정적으로 생각해와서요."

나는 이렇게 센터를 찾아온 것, 아르바이트를 꾸준히 하고 있는 것, 운전하면서 아버지를 돕고 있는 것, 친구를 만나는 것 등등이 모두 긍정이고, 늘 긍정 가운데 있는데 항상 부정적이라니 상황과 맞지 않는다고 말했다. 이번에는 이렇게 대답했다.

"긍정을 선택할 자신이 없어서요."

최근에 자신이 살아온 삶을 보라고 했다. 여자 친구의 권유를 받긴 했지만, 자신의 상태를 고쳐야겠다고 생각할 정도의 엄청난 능력이 있지 않냐고 했다. 그것은 보통 사람들이 할 수 없는 능력이라고 했다. 대개는 하기 싫어도 참고 버텨내면서 살아나갈 뿐인데 카이는 달랐다. 지금의 상태를 개선해야겠다고 선택하고 그 어떤 일을 겪더라도 그 목표를 향해 돌진했다. 그런 이유로 결국 센터에 나오게 된 것이다. 그러니 모든 것은 선택이라고 했다. 이 말을 노트에 적고 원하는 색깔로 동그라미를 치라고 했다. 카이는 이렇게 적었다.

> 내 인생의 주인공은 '나'다.
> 인생은 선택이다.
> 나는 내가 선택하면 반드시 이뤄내는 능력을 가진 존재다.

이 말에 빨간색 색연필로 동그라미를 쳤다. 심장이 뛰게 하는 색, 빨강의 에너지로 불타오르는 말이 되었다. 적은 글을 그대로 읽어보게 했다. 카이는 또박또박 적은 글을 읽었다. 나는 그동안 우리가 했던 위로와 격려, 따뜻하고 포근함만 주는 나만의 새 '해피'의 기운과 맘부 에너지, 반가사유상의 응원. 이 모든 것을 합쳐서 스스로 대법원이 내리는 판결을 해보자고 했다.

"잘 아시다시피 대법원의 판결은 절대 바꿀 수 없어요. 현명하게 판단해주시기 바랍니다."

이렇게 말하며 카이의 결정을 기다렸다. 긍정으로 갈 것인가, 부정으로 갈 것인가. 판단은 여지없이 인생을 판가름하게 될 것이다. 카이에게는 그럴만한 힘이 있었다.

카이는 뜸을 들이고 있었다. 고개를 살짝 숙인 채 어디로 갈지

고민하는 듯했다. 1분, 2 분, 3분…… 계속 시간이 흐르고 있었다. 나는 말없이 응원의 에너지를 보내고 있었다. 마침내 카이가 종이 인형을 반가사유상 쪽으로 돌렸다. 나는 작은 망치 모양 작대기를 쥐여주었다. '나는 긍정을 선택합니다'라고 말하며 책상을 세 번 두드리라고 했다.

"나는 긍정을 선택합니다."

탕탕탕. 카이가 대법원 판결을 마쳤다. 드디어 해낸 것이다. 소감을 묻자 이렇게 말했다.

"불안해요. 자신이 없어요. 살고 싶은 건지, 죽고 싶은 건지 모르겠고 복잡해요."

종이 인형을 반가사유상 앞으로 바투 다가가게 해서 물어보자고 했다. 반가사유상이 무엇이라고 답하는지 들려달라고 했다.

"복잡하게 생각하지 말고 원하는 대로 해라. 마음 가는 대로 하라고 했어요."

카이는 굳어진 얼굴을 풀면서 말했다. 이제, 절대 번복할 수 없는 선택이 내려졌다. 카이는 긍정을 선택했고, 긍정으로 갈 수밖에 없다. 다만 감사하고 축하할 뿐이었다.

다음으로 눈을 감고 복식호흡을 열 번 정도 하면서 몸과 마음을 이완하도록 했다. 그리고 다음의 멘트를 들려주었다.

> 나는 오랫동안 어떤 생각을 골똘하게 하고 있었습니다. 그 생각에 대해 오랫동안 고민해왔습니다. 지금 내 곁에 금동반가사유상의 주인공인 존재가 있습니다. 이 존재가 나한테 말을 걸고 있습니다. 어떤 말을 하고 있는지 고스란히 들어보시기 바랍니다. 그리고 나와 대화를 나눕니다. 어떤 말을 하는지 들어보시기 바랍니다. …… 이제, 이 존재와 대화를 마무리합니다. 작별 인사를 나누어 보시기 바랍니다. 지금의 느낌을 그대로 간직합니다. …… 지금의 느낌을 그대로 간직한 채 세 번을 세면 눈을 뜨시면 됩니다. 하나, 둘, 셋!

눈을 뜬 다음 방금 체험한 느낌을 들려 달라고 했다.

"제가 좀 전에 긍정으로 선택했는데도 아까 마음이 불편하다고 했잖아요. 그런데 존재는 그 말을 들어주고 '선택을 했을 때 그 선택에 대해 후회를 하는지 안 하는지 생각해봐. 후회를 안 하면 잘한 선택이다. 그러니 후회 없는 선택을 해라'라고 말해줬어요. 맞는 말이라고 여겨져요. 그런데 머리가 더 복잡해졌어요. 갈팡질팡하던 게 긍정으로 변하려고 하니까 거부감을 느끼는 것 같아요. 그렇지만 만약 부정을 제가 선택했으면 후회하지 않았을까 하는 생각이 들어요."

카이는 지금 얼마나 어색할까. 실컷 울다가 울음을 멈추던 어린 시절이 기억난다. 세상이 떠나가라고 울었는데, 나도 울고 세상도 울었는데, 갑자기 울음을 멈춰보면 이상했다. 세상은 고요하기 짝이 없었다. 나만 시끄럽게 울고 있었던 것이다. 한참 울다가 이제는 눈물도 안 나오는데도 소리만 엉엉거렸다. 그렇게 멈추면 너무 고요해질 것 같아서. 나만 울고 있었다는 사실을 들키면 부끄러워서. 아직 나 말고 세상도 함께 울어주는 것처럼 보이고 싶어서. 그렇게 엉터리 울음을 좀 더 울다가 그것도 더이상 나오지 않아 멈추면 어색하기 이를 데가 없다. 울게 했던 그 파렴치한 실체는 오래전에 증발되어 버리고 감정은 입을 싹 닫고 난 뒤였다.

카이는 스스로 부정이라고 여겨왔다. 오랫동안 생각하지 못했던 '긍정'을 떠올렸으니 얼마나 기가 찰 노릇인가. 아직 조금 더 엉엉대며 소리를 내야 할까? 카이는 어쩌면 새로 산 멋진 구두를 신은 것인지도 모른다. 걸음을 옮길 때마다 불편하기 짝이 없다. 어쩌면 뒤꿈치에 커다란 물집이 잡히기도 할 것이다. 그렇더라도 곧 익숙해질 것이다. 이 빛나는 구두를 선택한 것에 대한 기쁨이 마음 깊은 곳에서 솟아오를 것이니까.

다음 시간까지 해올 과제를 제시했다.

첫째, 꽃을 3분간 바라보고 떠오르는 것을 한 줄 이상 적어오기.

둘째, 맘부 에너지 말(사랑해, 잘하고 있어, 잘 될 거야)을 날마다 하루 세 번씩 해오기. 아침에 일어나자마자, 낮 동안, 잠자기 직전.

셋째, 나만의 새 메시지를 자기 직전에 듣고 적어오기(나만의 새, '해피'의 메시지를 듣고 나서 맘부 에너지 말 행하기).

이번 회기 참여 소감에 관해 물어보았다. 카이는 주저하지 않고 바로 답했다.

"내가 생각보다 똑똑하구나! 그런 생각이 들어요."

카이한테 엄지손가락을 들어 보이며 말했다. 카이는 대단하다!

여섯 번째 만남

초등학생이 된 것 같아요

카이는 코로나 때문에 일주일간 아르바이트를 쉬었다고 했다. 별로 하는 것 없이 지냈고 잠만 잔 것 같다고 했다. 최근에는 하루하루 지나가는 것이 두렵기도 하다고 했다.

"어제부터 든 생각인데요. 시간만 보내는 기분이에요. 내가 너무 허송세월하는 게 아닐까 하는 생각이 들어요. 원래 생각 안 하고 살다가요, 그런 생각이 은근히 올라와요. 최근에 친구가 군대에 갔는데요. 거기에서 조교를 한대요. 잘 해내고 있대요. 그 애도 그렇고, 주변의 친구들도 생각해보니까 나만 아무것도 안 하는 것 같고…… 다른 애들보다 뭔가 해야 할 것이 있는 것 같은데 뭘 하고 싶은 건지도 모르겠고. 나는 원래 안 되고 쓸모없는 애인가? 이런 생각이 들었어요."

놀랄 만한 일이었다. 카이가 이제 어떻게 살아야 하는지에 대해 고민하기 시작한 것이다. 확실히 변한 카이! 나는 엄지척을 해주고 싶은 마음을 살짝 죽이고 말했다.

“오, 많이 발전했군요! 전에는 죽느냐 사느냐 그것이 문제였는데! 이제는 사는 것이 전제로 깔리면서 무엇을 해야 할까? 어떻게 살면 좋을까? 이렇게 생각을 하고 있군요!”

카이는 고개를 끄덕이며 수긍하면서 배시시 웃었다. 이렇게 바뀐 에너지를 카이도 느끼고 있을 것이다. 오랫동안 끊임없이 자살을 꿈꿨던 내가 그 생각을 멈추게 된 것을 나는 똑똑하게 기억하고 있다.

모든 것을 잃고 난 뒤였다. 정신건강 의학과 병원에 간호사로 근무했던 나는 더 이상 일할 수 없었다. 카드깡 사기를 당했다. 내 이름 앞으로 엄청난 빚이 쌓였고, 나는 무작정 도피만 했다. 그렇게 1년간 헤매다 집으로 왔다. 독살스러운 어머니를 마주하기 싫었지만, 어쩔 수 없었다. 내가 낳은 딸은 초등학교에 막 입학을 했고, 어머니가 딸을 키우고 있었다. 어떤 직장에 들어갈 수도, 어떤 일이라도 할 자신이 없었다. 1년 동안 허드렛일을 해보기도 했지만, 결국 헤매다가 무일푼으로 돌아오고 말았다. 포악스러운 어머니의 성질은 여전했고, 이제는 도망칠 곳도 없었다. 집 근처 교회를 다녔다. 교회 사모님의 권유로 금요 철야 예배도 가고 새벽 예배도 갔다. 그러던 어느 날, 금요 철야 예배 때 크게 소리 내며 기도하는 시간이었다. 통성으로 기도를 하는데 뭐라고 기도해야 할지 제대로 말도 나오지 않았다. 주위에 울고 떠드는 기도 소리들이 왕왕거리기만 했다. 갑자기 이상한 일이 벌어졌다. 내 배에서 뭔가가 솟구쳐 올라오면서 온몸에 퍼져 갔다. 그 생생한 느낌 가운데 소리가 들려왔다. 내가 너를 축복하노라. 장중한 음률 같은 소리였다. 나는 이런 말도 되지 않는 일 따위는 있을 수 없다고 코웃음을 쳤다. 이, 무슨 일이람! 나는 축복 따위와 거리가 먼 사람인데. 내가 얼마나 타락했는데! 술에 취해 거리에서 나뒹굴기도 하고 사기를 당하는 미친 짓을 했는데. 나 같은 인간한테 축복이라니! 그 소리가 다시 들려왔다. 내가 너를 축복하노라. 나는 다시 떠올렸다. 나한테 욕설을 퍼붓고 멀쩡하게 단장을 하고 목걸이와 반지로 한껏 멋을 부린 어머니가 교회에 나간 뒤였다. 집에 있던 성경책을 냅다 집어 던졌다. 마침 비가 왔고 성경책은 고스란히 비를 맞고 있었다. 그런 일을 한 내게 축복한다니요! 하나님도 제정신이 아니시군요! 내가 지어내는 논리를 뒤엎어버리며 역시 같은 소리가 들려왔다. 내가 너를 축복하노라. 나는 울었다. 그저 울 수밖에 없었다. 축복이라니요. 감사합니다. 하나님.

며칠 뒤였다. 새벽 예배를 마치고 집으로 돌아와서 현관에서 신발을 벗을 때였다. 주방에 서서 아침밥을 하고 있는 어머니의 뒷모습을 보면서 놀라운 감정이 솟아올랐다. 악다구니를 함부로 퍼붓고 여차하면 사정없이 나를 때리던 어머니. 아이 때부터 무던히도 학대를 해왔던 어머니. 절대 변하지 않는 성격파탄자인 어머니가 갑자기 사랑스러워 보였다. 나는 내 입을 의심했다. 입에서 "사랑해요. 어머니"라는 말이 흘러나온 것이다. 내 입은 내 의지와 상관없이 말하고 있었다. 어머니도 놀란 나머지 갓 해동되어 미끄러지는 얼음처럼 내 앞에 다가왔다. "네가 나를 다 사랑하나?" 이렇게 물었다. 우리는 함께 부둥켜안고 울었다. "나도 사랑한다." 어머니가 울면서 이렇게 말했다. 그다음부터였다. 자고 일어나면 어떻게 죽을까, 하루에도 수없이 죽는 방법을 연구하던 나, 자살 생각을 달고 살던 나, 자동으로 죽음만 떠올리던 생각이 갑자기 뚝 끊겼다. 아무리 비틀어도 나오지 않았다. 아무리 힘든 일이 있어도 더 이상은 자살 생각이 나지 않았다. 기적이 일어난 것이다.

빛이 들어와서 마침내 어둠이 물러간 이치를 나는 잘 알고 있다. 내가 그랬기 때문이다. 그런데 그게 내가 한 일은 아니다. 마음을 돌이키는 것은 내가 할 수 없다. 지금 카이의 마음을 이끄는 것도 내가 아니다. 나는 다만 심상 시치료 방식으로 행할 뿐이다. 카이와 나를 이끌고 가는 이는 오직 신이다. 이제 카이한테 빛이 드러난 것이다. 그것은 저번 회기 때 했던 카이의 긍정 선택으로 인해서다.

카이한테 잠자는 양상에 관해 물어보았다. 새벽 2시에 잤다가 아침 8시에 일어나서 아빠를 태워드리고 다시 와서 오전 10시부터 오후 1시까지 잠든다고 했다. 자도 피곤한 느낌이 든다며, 뭔가 개선해야 할 것 같은데 머리가 아프다고 했다. 오후 1시에 일어나서 밥을 먹는다고 했다. 나는 과제 공책에 이렇게 쓰게 했다.

지금은 좋아질 일만 남았다.

이렇게 쓴 다음 떠오르는 색깔의 색연필로 글자 주위에 동그라미를 치라고 했다. 카이는 생명이 움트는 초록색으로 글자를 감싸 안았다. 글을 바라보면서 드는 느낌을 말해보자고 했다. 진짜일까? 살짝 이런 의문이 든다고 했다. 나는 모든 변화 과정은 나선형으로 이뤄진다고 설명했다. 일견 좋아지는 듯하지만 도로 바닥에 떨어지는 것 같고, 도루묵인 것 같지만 사실 다음 순간 확실히 좋아진 것을 알 수 있다고 했다. 이미 '살자'를 선택했기에 바닥을 친 것이고, 한번 바닥을 치고 올라갔기에 좋아지는 중이라고 했다. 바닥으로 가라앉은 게 아니다. '친' 것이다. 치면 다시 올라갈 수밖에 없다. 한번 그렇게 쳤다면, 다시 가라앉을 수도 없다. 이제 올라갈 날만 있는 것이니까.

카이는 나선형이라는 게 실감이 난다고 했다. 슬럼프가 왔다가 다시 올라갈 수 있다는 것에 동의했다. 최근에 보면 하루에 좋은 생각을 세 번 정도는 하지만, 또 안 좋은 생각도 한다고 했다. 하지만 좋은 생각을 하게 되면 그 느낌이 계속해서 남아있다고도 했다. 신기하게도 어느 한순간, 좋은 생각이 들곤 한다는 것이다. 아주 가끔씩 마음이 이렇게 깨어있다가 다시 잠드는 것 같다고도 했다. 그러면서 생기는 의문은 좋은 생각은 들지만, 답이 안 나오는 것, 조급해지는 것, 다들 뭘 하고 있으니 나도 뭘 해야겠다는 생각이 드는 것이라고 했다. 그럴 수도 있겠다고 수긍했다. 차츰 뭔가를 해나갈 수 있을 것이고, 그 의문도 점차 줄어들 것이다. 다른 과제에 대해서도 나누었다. 카이는 꽃을 3분간 들여다보고 다음과 같은 글을 써왔다.

> 작은 생명체인 꽃들도 열심히 살아가는데 나는 뭘 하는 것인가 싶은 생각이 들었다.

카이는 꽃을 바라본 경험을 얘기하기 시작했다.

"어제 공원에 갔어요. 보이는 꽃이 있었는데 주황색이었어요. 국화처럼 생겼어요. 그 꽃을 보면서 생각했어요. 저는 생각만 하고 뭔가 하지는 않는 것 같아요. 뭔가 이루고 싶은 게 없다는 고민을 얘기하니까 여자 친구가 이것저것 말해줬는데…… 다 아닌 것 같았어요. 맘부 에너지는 아빠 태워주고 다시 자고 일어나서 오후 1시에 했어요. 또 낮에도 한 번 더 하고요. 일주일 동안 5일은 했어요. 두 번은 아빠와 술 마시느라 못 했어요. 그래도 적당히 마셨고, 예전보다는 술 마시는 양과 횟수가 많이 줄어든 거예요. 3주 전까지는 알바하고 오면 보상심리처럼 맥주 한 캔을 꼭 마셨거든요. 고되게 일했으니 한잔하자, 이런 마음이었는데 이제는 안 그래요."

어쨌든 뭘 해야 하는가에 대한 고민은 반가웠다. 살아가는 방식에 대한 구체적인 생각을 하는 것이 기특했다. 게다가 맘부 에너지 말을 100퍼센트는 아니지만, 습관이 될 정도로 자주 하고 있는 중이다. 술 마시는 양과 횟수가 줄어든 것도 좋은 변화였다.

다음으로 나만의 새 '해피' 메시지를 나눴다.

나만의 새 메시지

8월 26일: "잘하고 있어."

8월 28일: "잘하고 있어."

8월 29일: "복잡하게 생각하지 않아도 돼."

8월 30일: "남들과 비교하지 마."

8월 31일: "걱정하지 마."

9월 1일: "두려워하지 마."

나만의 새 '해피'의 메시지는 간단하지만, 핵심을 말하고 있었다.

사실 제대로 떠올리는 나만의 새 메시지는 아주 현란하지도 지적이지도 문학적이지도 않다. 위로와 격려와 포옹의 메시지는 요란스럽지 않다. 카이는 제대로 들은 것이다. 카이는 자신에게 필요했던 말, 듣고 싶었던 말을 자연스럽게 들었다고 했다. 그러면서 이렇게 말했다.

"제가 살짝 생각해봤는데요. 예전에는 공부를 안 했던 게 양아치들이 학교에 있으니까 공부를 그 애들처럼 안 하면 어떨까? 이런 생각을 제가 했었나 봐요. 그런 것도 있고, 어떤 일에 대해 공감하려면 그 일을 겪어봐야 하지 않을까? 그래서 힘들어하는 사람들을 공감하기 위해 그렇게 힘들어해야 한다고 생각했어요."

카이는 '살짝'이라는 말을 양념처럼 넣는 습관이 있었다. '살짝' 생각해보니 그런 생각이 들었다는 것인데 과거의 삶에 대해 스스로 성찰하는 것이었을까? 삶의 모든 것이 그러하듯 선택을 해왔던 것이다. 양아치처럼 공부를 안 하면 어떨까, 하고 안 해본 것. 힘들어하는 사람들을 공감하기 위해 힘들어해 보는 것. 그런데 카이가 생각하는 '힘든 것'은 도대체 무엇일까?

나는 힘든 일이 무엇을 의미하는지 물어보았다. 카이가 이어 말했다.

"중학교 때부터 그런 생각을 했는데…… 우울한 사람들요. 정확하게 힘들어진 계기가 된 것은 고등학교 1학년 때였어요. 야자가 싫었어요. 특별한 사건은 없었습니다. 제가 그냥 너무 힘든 것을 숨겼어요. 학교에 다니는 것이 힘들었어요. 저는 그게 엄마, 아빠의 영향이 아니라고 생각해요. 원래 제가 제 감정을 숨기는 성격이라서 그런 것 같아요. 엄마가 나가기 전부터 학교 다니기 싫었거든요. 그런 말을 엄마한테는 했지만, 아빠한테는 아예 잘 말하지 않아서 못했어요. 이혼한 이후부터는 엄마 생각도 안 했어요."

나는 이렇게 응수했다.

"엄마를 포기했군요."

망설이지 않고 카이가 답했다.

"네."

인간이 알아차리지 못한 마음을 무의식이라고 한다. 알아차리는 것은 의식인데, 흔히 의식은 빙하가 표면 위에 올라온 부분 정도라고 비유한다. 거대한 덩어리인 무의식은 바다 아래 잠겨 있다. 알아차리지 못할 뿐 아니라 아니라고 부인하고 싶은 마음이 바로 무의식이다. 자신의 마음 안에 있는 쓰레기같이 지독하게 더러운 것을 결코 인정하지 않는다. 그 마음을 누군가에게 던져서 그 상대방을 비난하기 일쑤다. 나한테 시기나 질투가 있다고? 무슨 소리야.

난 절대 그런 것 없어. 저 사람이 있지, 내가 있긴 뭘 있어? 이런 식이다.

엄마와 아빠의 영향이 아니에요. 엄마가 집을 나간 뒤부터 엄마 따위는 절대 생각하지도 않았거든요. 그냥 제가 우울한 것뿐이에요. 그냥 우울한 사람들, 힘든 사람들은 어떤 마음을 가질까, 공감해주려면 어디 나도 한번 우울해 볼까? 그런 생각으로 우울하게 있자고 마음먹었더니 정말 무의미해졌어요. 그렇지만 그게 부모님의 영향은 아니란 말이에요. 저는 그냥 우울했던 거예요. 카이는 이렇게 말하고 있다. 냉랭하거나 싸우는 부모, 사랑이 결여된 집안, 급기야 이혼하고 집을 나간 뒤 잘 만나지도 못했던 엄마. 이런 이유 때문이 아니다. 나는 그냥 혼자 우울했을 뿐이다. 혹은 우울한 사람을 공감해주기 위해 우울해 보려 한 것 뿐이다.

나는 종이 인형을 꺼냈다. 다시 가족을 세워보자고 했다. 카이는 동생과 자신을 나란히 세우고 조금 떨어진 곳에서 아빠가 아들들을 향해 서 있게 하고, 엄마는 꽤 떨어진 거리에서 아들들을 쳐다보고 있도록 배치했다. 나를 제외한 가족들 한 명 한 명한테 가진 감정을 물어보았다. 카이는 미운 것도 좋은 것도 아니고 감정이 없다고 했다. 세 명 모두한테 그렇다고 했다. 엄마를 카이 바로 앞에 세우고 느낌을 물어보았다. 여전히 감정이 없다고 했다. 이번에는 아빠를 바로 카이 앞에 세우고 느낌이 어떤지 물어보았다. 카이는 아빠와 동생한테는 짜증이 날 것 같다고 했다. 마음에 들지 않아서라고 했다. 그렇지만 엄마한테는 감정이 없다고 했다.

두 번째 회기 때 만났던 엄마가 했던 말을 기억하냐고 물어보았다. 미안하다, 네 말을 귀담아들어 주지 못해서. 엄마 역할을 제대로 못 해서. 그래도 꿋꿋하게 버텨내서 장하고 사랑한다는 말을? 카이는 고개를 끄덕였다. 엄마가 그렇게 나간 뒤에 행복하지 않을 거라고 하지 않았냐고 했다. 동생과 카이를 보지 못하는 엄마. 기껏해야 전화하면 받기만 할 뿐인 면목도 없는 엄마. 외롭고 마음이 아플 엄마를 떠올려보라고 했다. 엄마가 용서를 비는데, 용서해줄 수 있는지 물어보았다. 또 아빠도 용서해줄 수 있는지도 물어보았다. 카이는 흔쾌히 그렇게 하겠다고 답했다. 용서의 메시지를 전하자고 하니, 카이가 이렇게 말했다.

"힘들 때 연락하면 그래도 들어줘서 고맙고, 아무리 멀리 있어도 연락하면 받으니, 그런 엄마이기에 용서할게."

나는 어떤 조건이나 상황을 붙이지 말고 그저 용서해보자고 했다. 참된 용서는 단서가 없는 무조건 용서라고 했다.

"엄마, 용서합니다."

카이는 천천히 낮은 음성으로 또박또박 말했다. 그렇게 말하고 나서 엄마 인형을 카이 뒤에 세웠다. 아빠한테도 같은 음성으로 말했다.

"아빠, 용서합니다."

역시 아빠 인형도 카이의 뒤에 세웠다. 어떤 느낌인지 물어보았다.

"든든해요."

카이는 여지껏 가족이 든든하다고 표현한 적이 없었다. 갑자기 든든함을 느낄 수 있는 이유를 물어보았다. 카이는 고개를 갸웃거리며 잘 모르겠다고 했다. 그 든든함은 내 생명에서 나오는 거였다. 나를 태어나게 한 두 존재. 엄마와 아빠를 내가 인정하는 사실에서 나온다. 나는 부모님을 용서하고 마음으로 받아들여서라고 설명해주었다. 이 '든든함'을 늘 기억해보자고 했다.

이번 시간의 심상 시치료는 '정화수'가 주제였다. 맑은 물을 떠놓고 지극정성을 다해 이뤄지도록 비는 '염원의 물'에 대해 설명했다. 이제 정화수의 기운을 오롯이 느낄 차례였다. 물그릇 모양 그림 위에 내가 꼭 이루고 싶은 소망을 적게 했다. 카이는 '고민들이 전부 해결되었으면 좋겠다'라고 적었다. 오죽 고민이 많으면 그럴까 싶지만, 그건 있을 수 없는 일이다. 너무 피상적이기도 했다. 고민들이 전부 해결되고 나면, 그다음은 어떨까? 전부 해결된 것이 고민일 것이다. 나는 다만 인간으로서 그게 가능할지 물어보니 카이는 고개를 저었다. 다시 생각해서 적어보자고 했다. 정화수의 기운을 담기 원하는 카이의 소망은 이러했다.

> 편안하고 여유가 생기고 세상을 넓게 바라보게 되어서
> 꿈이 생기며 행복해진다.

놀라웠다. 카이는 소망을 자신의 것으로 하는 비결을 이미 알고 있었다. 미래형이나 바람 형식인 '~하면 좋겠다'라거나 '~하기를 원한다'라고 적지 않고 '해진다'라고 명료하게 적은 것이다. 성경 히브리서 11장 1절에서 2절은 이러하다. '믿음은 바라는 것들의 실상이요 보지 못하는 것들의 증거니 선진들이 이로써 증거를 얻었느니라.' 이 원칙에 의하면, 바라는 것은 이미 된 것과 같다. 시기의 차이로 지금은 아직 이뤄지지 않았지만, 그 시기에는 이뤄져 있다. 그래서 이미 된 눈으로 보게 되면 실제가 된다. 카이는 이미 편안하고 여유가 생기고 세상을 넓게 바라보게 되고 꿈이 생기며 행복해진 것이다. 카이한테 박수를 보내며 축하해주었다. 지금 당장 이 순간부터 이렇게 된 것이다! 카이가 환하게 웃었다. 이토록 잘 웃는 카이! 더 이상 처음으로 센터 문을 열고 들어서던 그 카이가 아니었다.

이제 눈을 감고 복식호흡을 열 번 정도 하면서 온몸과 마음을

이완하게 한 뒤 다음의 멘트를 들려주었다.

> 지금은 이른 새벽입니다. 나는 목욕을 하고 정갈한 마음으로 물이 있는 장소에 갑니다. 그리고 물을 한 그릇 뜹니다. 그러고 나서 성스럽고 거룩한 장소에 옵니다. 이 장소에서 나는 물을 위에 올려놓고 고개를 숙입니다. 내 마음과 정성을 모아 물에 담습니다. 이 물이 증발하여 하늘 높이 올라갈 것을 믿습니다. 이 물에 담긴 내 마음이 우주의 에너지와 합해서 내 마음에 돌아 올 것을 믿습니다. 지극정성을 다하는 이 마음이 온전하게 하늘의 뜻대로 이뤄질 것을 믿습니다. 나는 지금, 고개를 숙이고 물 앞에서 기도하고 있습니다. …… 지금 이 느낌을 그대로 간직한 채 세 번을 세면 눈을 뜨시면 됩니다. 하나, 둘, 셋!

눈을 뜨고 나서 경험한 것을 말해보자고 했다. 카이는 이렇게 말했다.

"잘 이루어졌으면 좋겠어요. 장독에 있는 물을 떠다가 달빛이 잘 드는 산속에 갔어요. 거기서 유일하게 빛을 비추는 바위 위에 물그릇을 놓고 기도를 했어요. 바위는 사람 크기 정도인데…… 1미터 30센티미터 정도 되는 바위였어요."

굉장히 구체적으로 얘기하고 있었다. 이미 이뤄졌다는 것을 다시 상기시켜주면서 축하해주었다. 편안하고 여유가 있으면서 꿈이 생기고 행복해지면 고민도 줄어들 것이다. 앞날에 대한 불안이나 조바심과 초조도 물러갈 것이다.

다음 시간까지 해올 과제를 제시했다.

첫째, 거울 속의 나를 3분간 들여다보고 떠오르는 생각과 느낌을 적어오기.

둘째, 맘부 에너지 말(사랑해, 잘하고 있어, 잘 될 거야)을 하루 세 번씩 날마다 해오기. 아침에 일어나자마자, 낮 동안 잠자기 직전.

셋째, 나만의 새 메시지를 자기 직전에 듣고 적어오기(나만의 새 '해피'의 메시지를 듣고 나서 맘부 에너지 말 행하기).

넷째, 활기찬 생활을 위한 일상에 대한 계획을 세우고 하루 실천해오기.

특히, 넷째 과제에 관해 설명했다. 일종의 생활 계획표인 셈이다. 그저 계획만 세우지 말고 실천을 하루 정도는 해와야 한다고 했다. 카이는 그렇게 하겠다고 하며 웃었다.

"꼭 초등학생이 된 것 같아요. 생활 계획표라니요!"

나도 웃었지만, 중요하다고 거듭 강조했다. 카이는 진지한 투로 이번 회기의 참여 소감을 이렇게 말했다.

"어제 자기 전에 문득 든 생각인데요. 내가 바뀌고 있는 건가? 하고 스스로 물어봤어요. 제가 상담하러 다니는 것을 아는 아빠와 친구들이 물어보시거든요. 효과가 있냐고요. 항상 말을 못 했어요. 잘 모르겠다고 했는데 말로 표현을 못 하겠지만 변한 게 있고, 원래 제가 그런 애일 수도 있겠다는 생각이 들어요. 알고 있는 게 많은 애요. 제가 인간의 심리만 알고 있는지는 잘 모르겠지만요. 저번에 선택했잖아요. 그때 부정을 선택했다면 바닥에 있지 않았을까, 하는 생각을 해요. 변화에 대한 의문점을 가졌었는데…… 이제 변화가 생겼다는 생각이 들어요." 대단한 카이! 나는 손뼉을 치느라 손이 닳을 정도였다. 최근에 갓 출간한 《인문 예술로 접근하는 인간관계와 의사소통》이라는 책을 카이한테 상으로 줬다. 카이가 웃으면서 책을 들고 치료실 문을 열고 나갔다.

일곱 번째 만남

고요합니다

카이는 일주일 동안 별생각 없이 지냈다고 했다. 아무것도 안 하고, 아르바이트만 하고 지내서 편했다고 했다. 카이는 아르바이트를 하는 것이 싫다고, 그래서 힘들다고 했던 때가 있었다. 이제는 오히려 아르바이트를 해서 편하다니!

카이의 마음을 들여다보면, 이런 마음이 유추된다. 예전에는 여러 생각들로 복잡했다. 특히 살아야 하나, 아니면 그냥 죽을까, 하는 갈등으로 늘 불안했다. 에너지는 고갈된 상태였고 평범한 일상들도 짜증이 날 정도였다. 그나마 하던 아르바이트도 힘겹기는 마찬가지여서 그 일도 할까 말까 망설이기 일쑤였다. 그런데 이제 외줄을 타는 것처럼 아슬아슬하던 마음이 잠잠해졌다. '긍정'으로 결정을 내리는 순간 에너지의 흐름은 돌변했다. 영혼의 멱살을 잡고 흔들던 우울, 목숨을 담보로 하던 불안이 고요해졌다. 살지 말지가 아니라 어떻게 살면 좋을까로 방향이 급선회하게 되었다. 그렇게 나대던 초조도 얌전하다. 망설임과 주저로 얼룩지던 생각들이 고요해지니 에너지가 함부로 빠져나가지 않는다. 그러니 할 일을 다 할 수밖에! 이제 아르바이트를 하면 되니 편안하게 지낸 셈이다.

카이의 이야기를 들으며 이렇게 유추해보았다. 이어서 카이가 말했다. 전에는 미래에 관한 생각을 너무 많이 해서 탈이었는데 그런 생각이 뚝 그쳤다고 했다. 이번에는 특히 나흘간 술을 마셨다고 했다. 사흘간은 아버지와 함께였고, 하루는 여자 친구와 술을 마셨다. 특별히 안 좋은 일이 있어서 마신 것은 아니었다. 그럴 기회가 있어서 기분 좋게 마셨을 뿐이라고 했다.

카이는 과제 공책을 꺼내어 보여주었다.

* 거울 속의 나: 아무 생각 없는 나라는 생각이 들었다.

* 나만의 새 해피의 메시지

9월 3일 : "두려워하지 마."

9월 7일: "조급해 안 해도 돼."

9월 8일: "천천히 해봐."

* 생활 계획:

8시: 기상.

8~9시: 아빠 출근 도와주기.

9~9시 30분부터: 집에서 식사하기. 낮잠 1~2시간 자기, 책 5장 읽기.

18시 30분~19시: 가게 가기.

19시~20시 30분: 가게에서 일하기.

20시 30분: 아빠와 퇴근.

21시: 저녁 식사.

22시: 운동(팔굽혀펴기와 윗몸일으키기 30개 이상, 스쿼트 50개 이상).

23시 30분: 씻기 .

24시~1시: 잘 준비.

"이 계획을 짰는데, 실천은 어제 하려다가 못해서 오늘 하려고 해요. 거울을 볼 때, 좀 한심해 보인다. 피부가 많이 안 좋아졌구나, 하고 생각했어요."

나는 이 말을 '긍정'으로 바꿔보자고 했다. 이제 어쩔 수 없는 노릇이라고 했다. 선택을 했으니 책임을 져야 할 수밖에 없다고 했다. 카이가 긍정을 선택하는 순간, 우울은 이미 게임오버가 된 것이다! 카이가 긍정으로 하면 이렇게 말할 수 있다며 "행복해 보인다"라고 했다. 오! 그건 너무 갔다! 나는 일부러 지어내지 말고 정말로 말해보자고 했다. 당장 손거울을 건네서 자신을 바라보게 했다.

"눈빛이 초롱초롱하다. 살아있는 느낌이 들어요."

카이는 거울을 치우고 나서 말을 이어갔다.

"최근에 흐리멍덩하고 힘이 없어 보인다는 말을 들었거든요. 군대에서 나왔을 때 그런 말을 들었어요. 여자 친구와 아빠가 그렇게 말했어요. 나는 그때랑 지금이랑 같은데…… 지금도 생기가 없어 보이기도 해요."

카이는 5초 만에 상반된 두 가지 말을 하고 있었다. 살아있는 느낌이 들 정도로 눈빛이 초롱초롱하다는 것과 생기가 없어 보인다는 것. 다시 거울을 보면서 맘부 에너지 말을 스스로 소리 내어 말해보자고 했다.

괜찮아. 잘하고 있어, 잘될 거야.

카이는 살짝 편해진다고 했다. 이 말을 자주 해주고 있다고도 했다. 잘하고 있다며 격려해 주었다. 생활 계획표대로라면, 카이는 저녁에 아빠 가게 일을 도와준다. 그렇게 하게 된 계기를 물어보았다. 딱히 할 사람이 없어서 하기 시작했다고 했다. 최근에 아빠와 대화를 나누면서 막걸리 일곱 병을 함께 마셨다고 했다. 그다음 날 술자리에서 아빠는 그대로 드셨지만, 카이는 한 병 정도 마셨고, 그 다음 자리에서는 석 잔만 마셨다고 했다.

"내 생각을 얘기했던 것 같아요. 동생이 고등학교 1학년이고 중요한 시점인데 어떻게 해야 할지, 이렇게 하면 좋을 것 같다 뭐 그런 얘기였어요. 아빠와 갈등은 없었어요. 아빠가 자식 생각을 많이 하는 것 같았어요."

함께 기거하다가 다른 도시로 간 이모 얘기를 물어보았다.

"이모가 싫으냐고 아빠가 물어봐서 그냥 그래. 그렇게 말했어요. 아들이 싫다면 안 만나겠다고 했어요. 나는 상관없다고 했는데…… 사실, 생각해보니 계속 아빠와 이어지면 변할 게 많아서요. 마음이 왔다 갔다 해요. 술 먹고 얘기할 때는 아빠가 우리 생각을 많이 하는구나, 하고 느끼거든요. 그런데 평소에 술을 안 마셨을 때는 아빠는 말을 잘 하지 않아요."

계획대로라면 1시에 자야 하는데, 최근에 몇 시에 잤는지 물어보았다. 카이는 새벽 3시에 잤다고 했다. 운동은 중학교 1학년 때만 하더라도 집에서 많이 했는데 아주 오랜만에 하니까 피곤하더라고 했다. 그래도 보람찼다고 했다. 저번 회기를 마치면서 상으로 준 《인문 예술로 접근하는 인간관계와 의사소통》을 읽고 있다고 하며, 학자들 얘기를 모아 놓은 책이 아니냐고 물어보았다. 나는 앞부분만 인용이 많아서 그렇지, 책 내용의 대부분을 내가 독창적으로 썼다고 했다. 책을 읽는다는 모습에 칭찬을 해주었다.

카이한테 집안일은 어떻게 하는지 물어보았다. 청소를 하도 안 해서 먼지가 곳곳에 쌓여있다고 했다. 빨래는 카이가 한다고 했다. 주로 아빠가 저녁밥을 짓는데 그렇게 하는 동안 카이는 소파에서 휴대폰을 본다고 했다. 이다음에 할 결혼을 미리 연습한다고 생각하고 아빠가 저녁 밥상을 차릴 동안 집안일을 하면 어떨지 물어보니, 그렇게 하겠다고 했다. 그 말을 듣자마자 카이는 대뜸 계획서상에 '집안일 하기'를 추가해서 적었다. 계획을 세울 때 여자 친구가 곁에 있어서 보여주었더니 생산성이 없다고 말하더라며 멋쩍게 웃었다. 한술 밥에 배부르지 않을 거라고, 이렇게 한 것만으로도 대단하다고 칭찬했다.

아르바이트는 금, 토, 일요일 오전만 해왔는데 이번 주부터는 주말만 해달라고 해서 토, 일요일에 한다고 했다. 아르바이트 갈 때의 느낌은 여전하다고 했다. 생각해보니 아르바이트가 싫은 이유는 사장님 눈치 보는 게 싫어서인 듯하다고 했다. 그래도 견디는 비결이 있을 것 같다고 했다. 카이는 오전만 하면 오후는 노니까 그게 비결이라고 했다. 그리고 용돈을 벌어야 하니까 견디는 거라고 했다. 군대는 그곳에서 잘 나갈 수도 없고 해서 못 버텼지만, 지금 아르바이트는 언제든 원하면 그만둘 수도 있으니까 괜찮은 편이라고 했다. 그리고 관둬야 하면 그만한 이유가 있어야 딱히 그렇게 할 이유가 지금은 없다고 했다. 그렇지만 간혹 다른 아르바이트를 하고 싶어진다고도 했다. 나는 과제 공책에 다음과 같은 글을 쓰게 했다.

> 지금 하고 있는 아르바이트는 내가 싫은 것을 버텨내게 하는 훈련의 장이다.

이렇게 쓴 글을 직접 읽어보자고 했다. 그러고 나서 원하는 색깔의 색연필로 이 글에 동그라미를 치게 했다. 카이는 의욕이 일어나게 하는 주황색으로 글자들을 빙 둘러 감쌌다. 그런 다음 이렇게 말했다.

"맞는 것 같아요."

오늘 준비한 심상 시치료는 '차' 기법이었다. 목련 꽃잎 차를 준비했다. 다관과 다기를 준비해서 정성껏 차를 따랐다. 19세기 초에 우리나라 차 보급을 보편화시킨 초의선사의 물에 대한 여덟 가지 덕을 설명했다. 초의선사는 좋은 물이란 가볍고, 맑고, 차고, 부드럽고, 아름답고, 냄새가 없고, 비위에 맞고, 탈이 없어야 할 것을 지적하면서, 급히 흐르는 물과 괴어 있는 물은 좋지 못하고, 맛도 냄새도 없는 것이 참으로 좋은 물이라고 하였다. 인간은 70퍼센트 이상이 물이니, 이런 물의 덕목이 존재하고 있다고 말해주었다.

에모토 마사루의 책 《물은 답을 알고 있다》를 보면, 물의 놀라운 전사 효과를 알 수 있다. 에너지를 그대로 받아들여 나타내는 물의 결정체의 모습은 경이롭기 그지없다. 아름다운 선율을 들려주거나 시끄러운 음악을 들려줬을 때 물의 결정체는 그에 맞추어 반응했다. 멋진 자연을 담은 풍광 사진을 보여주어도 그랬다. 험악한 욕을 하거나 긍정적인 말을 할 때도 다르게 반응했다. 결국 인간이 가진 마음이 물한테 고스란히 옮겨가는 거였다. 원래 물의 결정체는 눈의 그것처럼 육각형이다. 욕을 하거나 헤비메탈 음악을 들려주면, 영락없이 육각형이 허물어지고 파괴되었다. 욕을 했을 때는 아예 지옥의 문처럼 해괴한 모습이 되었다. 아름답고 잔잔한 선율이나 '사랑'과 '감사'라는 말을 할 때 물의 결정체는 그야말로 다이아몬드보다 더 찬란했다. 인간이 어떻게 생각하고 말하고 소통하는가에 따라 물의 결정체는 다르게 모습을 드러낸다. 인체의 70퍼센트에 이르는 물의 결정체가 빛나고 아름다울 수 있기 위해서 어떻게 해야 할 것인지는 너무나 분명하다. 좋은 생각, 고운 마음, 아름다운 말씨와 소통은 물의 결정체를 빛나게 한다. 그런 긍정의 에너지를 이끌어내는 것은 인간이지만, 인간이 혼자 하는 것은 아니다. 정신분석학자 프로이트에 의하면, 인간의 내면은 성적인 욕망과 공격으로 덮여 있기 때문이다. 그 말을 믿지 않는다 해도 인간의 한계는 분명하다. 인간의 내면을 끊임없이 성장하게 하는 큰 힘은 인간만이 할 수 있는 게 아니다. 신이 없다면 인간은 바닥을 드러낼 수밖에 없다.

카이한테 '괴어 있는 물'은 무엇을 의미하는지 물어보았다. 뭘 해야 좋을까 하는 걱정, 두려움, 원망이라고 답했다. 그렇다면, 고여 있는 물을 흐르게 하기 위해서는 어떻게 해야 하는지 물어보았다. 카이는 이렇게 답했다.

"용기를 내는 것이 필요해요. 원망에는 용서, 두려움에는 용기를 내야 하고, 걱정에는 희망을 가져야 하겠습니다. 물의 여덟 가지 덕목은 누구에게나 있는데 자라나면서 많은 시련이 있고, 자아와 성격이 형성되면서 다들 잊고 사는 것이 아닐까 합니다."

카이의 말에 박수를 보내어 응원했다. 원망하지 않고 용서하고 두려움 대신 용기를 내고, 걱정을 희망으로 대체하는 것! 아무나 하지 못하는 것이다. 분명 카이는 해내고 있는 중이었다. 부정을 긍정으로 바꾸게 하는 힘을 알아차린 것이다.

다음으로 눈을 감고 복식호흡을 열 번 정도 하도록 했다. 온몸과 마음을 이완하게 한 뒤 다음의 멘트를 들려주었다.

나는 내 마음의 정중앙, 중심에 우리나라의 차를 우려내는 물처럼, 여덟 가지 덕을 가지고 있음을 알아차립니다.

'가볍고, 맑고, 차고, 부드럽고, 아름답고, 냄새가 없고, 비위에 맞고, 탈이 없어야 하는 물'처럼 빛나고 있습니다. 내 마음에는 초의가 말한 물같이 빛나는 물이 있습니다. 내 마음의 중심에 존재하는 빛나는 물의 덕을 고스란히 느껴보시기 바랍니다. …… 나는 언제나 어느 때나, 그 어떤 상황이 있더라도 내 마음의 중심에 이렇게 빛나는 물의 덕이 있음을 알아차립니다. 어떤 느낌이 드는지 그대로 느껴보시기 바랍니다. …… 이제, 세 번을 세면 지금, 현재로 돌아오시면 됩니다. 하나, 둘, 셋!

눈을 뜬 다음, 느낌을 말해보자고 했다. 카이는 차분한 표정으로 이렇게 말했다.

"고요합니다."

흔들림 없이 한곳에 고요하게 머물러 있는 카이. 혼란과 갈등에서 벗어난 카이. 그는 스스로 고요하다고 말하고 있었다!

이렇게 행하고 나서, 두 번째 심상 시치료를 진행했다.

"인간의 마음 중심에는 어둠이 아니라 빛이 있어요."

이제 이렇게 말하면 카이는 부정하지 않았다. 오히려 고개를 끄덕이며 듣고 있었다. 마음의 핵심에 있는 빛은 저마다의 개성이 담겨있다. 분석심리학자 융은 마음의 중심을 '자기'라고 했고, 그 방향으로 가는 길을 '자기 개성화 과정'이라고 했다. '자기'를 향해 가야지만 삶의 의미를 찾을 수 있으며 '자기 개성화 과정'은 치유로 이르는 길이라고 했다. 심상 시치료에서는 '자기'를 '빛'으로 표현하고 있다. '자기 개성화'를 구체적인 이미지로 떠올려보면 '빛깔'이라고 할 수 있다. 저마다 마음의 중심에 존재하는 빛의 빛깔이 다 다르다고 상상해보면 어떤 빛깔이 떠오를까? 초록빛이라도 다 다르다. 진한 초록빛이 있는가 하면 연두색에 가까운 초록빛, 노란색이 섞인 초록빛, 산뜻한 초록빛이 있을 수 있다. 마음에 일어나는 것을 온전히 인간의 제한된 말로 옮길 수가 없다. 다만, 비슷하게 흉내 내어 어떤 빛깔이라고 떠올려보자는 것이다. 몇 명이 '초록빛'이라고 하더라도 저마다 떠올린 초록빛은 같지 않을 것이다. 미묘한 차이가 분명히 있을 것이다. 한계가 분명한 인간의 언어로 마음을 감히 짐작하고 흉내 내어 말해보면, 도대체 내 마음의 빛깔은 무엇일까?

이런 상상은 심상 시치료의 기법에서 나온 것이다. 융이 말했던 '자기 개성화 과정'과 맥락이 통한다. 내담자들한테 마음의 빛깔을 말해보자고 할 때가 종종 있다. 거의 그런 이들이 없긴 하지만, 어쩌다가 한 명씩 이렇게 말한다. 검정빛요! 검정빛이라는 것이 있을까? 빛이 있는 한 공간 속에 어둠도 같이 있다? 과학적으로 맞지 않는 말이다. 그런데도 그렇게 우기는 이도 있었다. 그러면 나는 이렇게 설명을 덧붙인다. 제가 검은색을 싫어해서 하는 말이 아닙니다. 검은색 옷을 얼마나 즐겨 입는지 모릅니다. 보세요. 지금도 검은색 옷차림이잖아요. 검은색을 선택하면 안 되는 것이 아니라 이치에 맞지 않아서입니다. 빛이 있는데 동시에 어둠이 있다는 것은 맞지 않습니다. 다시 마음과 느낌을 집중해보실까요? 내 마음의 중심에 빛이 있어요. 인간은 저마다 다 다른 빛깔을 지니고 있습니다. 당신의 빛깔은 무엇인가요? 그냥 좋아하는 색깔을 말하는 것이 아닙니다. 내 마음의 빛은 이 빛깔이라고 순간 떠오르는 그 이미지가 바로 정답입니다. 이제 한번 말씀해보실까요?

이런 정중하면서 친절하고 따뜻한 설명을 해야 겨우 검정이 떠나간다. 참 힘든 노릇이지만 내담자의 마음의 빛을 찾아내는 것이 바로 내 역할이다. 카이는 어떻게 답할까? 검정빛이라고 하지는 않을 것이다. 프로그램 초기라면 그렇게 말할지도 모를 일이다. 지금은 어엿하게 프로그램 중반부를 넘긴 상황이다. 카이한테 마음의 빛깔과 비슷해 보이는 색연필을 선택해서 잡아 보라고 했다. 검정색은 이치에 맞지 않다고 설명하지 않았다. 카이는 별로 망설이는 기색도 없이 하늘색을 선택했다.

"내 마음의 빛깔은 맑은 하늘빛이에요."

카이가 맑은 목소리로 말했다. 하늘빛을 만난 것을 축하한다고 말해주었다. 눈을 감고 복식호흡을 열 번 정도 하도록 했다. 온몸과 마음을 이완해보자고 했다. 천천히 들이마시고 내쉬면서 호흡에만 집중해보자고 했다. 카이는 익숙하게 복식호흡을 했다. 그런 다음 지금, 현재, 이 순간에 마음의 빛이 무엇이라고 메시지를 들려주는지 들어보자고 했다. 마음의 빛깔을 떠올리면서 동시에 메시지를 들어보면 된다고 알려주었다. 그렇게 메시지를 들은 다음 세 번을 세면 눈을 떠보자고 했다. 하나, 둘, 셋!

눈을 뜨고 나서 들린 메시지가 있었는지 물어보았다. 혹시 없었다면 눈을 뜬 채 상상해봐도 된다고 할 참이었다. 내 말이 끝나자마자 카이가 말했다.

"여유를 가져라. 이렇게 들려왔어요."

카이가 말했다. 마음의 빛이 주는 메시지를 들을 수 있는 것은 행운이다. 아주 오랫동안 고민해온 것이 바로 '내면의 목소리'였다. 내면을 일깨우는 심리 서적이나 영성 서적을 보면 단골로 나오는 말이 '내면의 목소리'다. 그 소리에 귀를 기울이라는 충고가 적혀 있었다. 내면의 목소리는 도대체 무엇일까? 어떻게 들어야 할까? 그 목소리를 들으려면 도대체 어떻게 해야 할까? 책은 자세하고 친절했지만, 목소리를 듣는 방법은 그 어디에도 없었다. 위대한 성인들과 위인들은 내면의 목소리가 시키는 대로 했고, 성공했다는 구절만 있었다. 한 번이라도 듣고 싶은데 어떻게 들을까? 이 고민은 '마음의 빛 메시지'를 듣는 순간 사라졌다. 바로 내면의 목소리, 참나의 목소리, 신의 메시지인 것이다.

마음의 빛 메시지는 불안해하는 나에게 '염려 말아라'라고 하기도 하고 쓸데없는 생각에 집착하고 있을 때 '인제 그만 해도 된다. 그만하거라'라고 준엄하게 말을 걸기도 한다. 누군가는 환청이나 망상이 아닌가 하고 우려하며 묻기도 하지만, 아니다. 내면의 핵심에서 우러나오는 이 목소리는 따뜻하고 장엄하고 아름답고 분명하다. 간단명료하게 말하는 그 목소리에 따르는 것이 맞다는 직감이 발동하기도 한다. 기분을 좌지우지하게 하는 것이 아니라 양심에 기대어 올바른 쪽으로 이끄는 확연한 느낌이 든다. 그러니 환청이나 망상과는 확연하게 구분된다. 지금 이렇게 마음의 빛깔과 메시지를 얘기하는 동안에도 내 내면의 목소리는 이렇게 말을 걸고 있다. 두려워 말아라. 잘 될 수밖에 없다. 그럴 것이다.

다음 시간까지 해올 과제를 제시했다.

> 첫째, 아침에 눈을 뜨자마자 '마음의 빛 메시지'를 듣고 적어오기.
> 둘째, 맘부 에너지 말(사랑해, 잘하고 있어, 잘 될 거야)을 날마다 하루 세 번씩 해오기. 아침에 일어나자마자, 낮 동안, 잠자기 직전.

셋째, 나만의 새 메시지를 자기 직전에 듣고 적어오기(나만의 새 메시지를 듣고 나서 맘부 에너지 말 행하기).

넷째, 내가 정한 일상 계획을 3번 이상 실천해오기(실행한 날짜 적기).

카이는 치료실 문을 나서기 직전에 활짝 웃으며 말했다.

"잘 따라가고 있다는 생각이 듭니다. 복잡한 느낌은 저번 주부터 사라졌어요."

여덟 번째 만남

노란색 잠바

카이를 보는 순간 놀라웠다. 노란색 잠바 차림이었다. 카이가 쑥스러운 듯 웃으며 말했다.

"하나 샀어요. 어제 월급을 받아서요."

잘 어울렸다. 카이의 얼굴이 환해 보였다. 그렇게 얘기하니 카이가 활짝 웃었다. 카이는 일주일 동안 평범하게 지냈다고 했다.

"살짝 뭔가 변하려고 하는 것도 같은데 똑같았어요. 열심히 살려고 하는 것은 있는데 아무것도 안 하고 있고, 그래서 결국 변한 게 없었어요. 큰 변화 없이 생활하고 있어요."

카이는 삶의 패턴을 이야기하고 있었다. 중요한 것은 내면이었다. 마음의 상태를 말해보자고 했다.

"무의미한 생각은 별로 안 들어요. 그런 생각을 안 하려고 하는 것 같아요. 하다가도 멈춰요. 가끔 부정적인 생각이 들면 안 되겠다고 하면서 멈추고요. 미래에 대해 생각을 하면서 고민도 되는데 답이 잘 내려지지 않아요."

굉장했다. 부정적인 생각이 드는 것을 알아차리는 것. 그 생각을 '안 되겠다'라고 판단하는 것. 게다가 '멈추는 것.' 자신의 마음을 스스로 관찰하는 것이 된다는 것은 많은 가능성이 열려 있다는 뜻이다. 대개 마음은 감정의 강물에 빠져서 허우적대기 일쑤다. 그 강물은 깊고 넓어서 한 번 빠지면 나오기 힘들다. 급하게 흘러가기에 감정에 치우친 채 골몰해지기에 십상이다. 그 강물에서 나와 자신을 객관적으로 살펴본다는 것이 무척 어렵다. 어지간한 내적인 힘이 아니고서야 쉽게 할 수 없다. 그렇지만 그 강물 밖에서 강물에 떠내려가는 자신을 마치 유체 이탈하듯 바라보면 안타깝기 그지없다. 강물은 낭떠러지를 향해 돌진하기 때문이다. 심각한 상처를 입을 수밖에 없다는 것이 뻔히 보이기 때문이다. 그렇게 스스로를 바라보고 있으면 강물의 흐름이 다소 늦춰진다. 그런 수평 이동을 하고 나서 높은 산 위에 올라가는 수직 이동을 해보면 또 상황은 달라진다. 이 강물을 만난 것이 이번 한 번만이 아니라는 사실을 알게 된다. 어디에서 강물이 시작했는지, 어디로 흘러가고 있는지, 조금 더 있으면 어디로 흘러갈 것인지도 알게 된다. 결국 강물은 모든 것을 다 받아주는 바다로 갈 것이다. 바다로 가는 길을 훤하게 꿰뚫을 수 있게 된다. 그리고 지금은 목적지의 어디쯤에서 머물러 있는지도 깨닫게 된다. 그게 바로 자신의 마음을 살펴서 내공을 기르게 하는 일이다. 그런 상태가 지속되면 삶의 변화는 저절로 일어난다. 지금이 아니라 안성맞춤이 되는 그 어느 때, 변화가 일어난 멋진 삶이 펼쳐질 것이다.

카이는 과제 공책을 내밀었다.

" '마음의 빛' 메시지는 아빠를 모시고 다시 와서 잤다가 일어나서 정오쯤에 했어요. 제 마음의 빛은 하늘빛입니다."

카이가 밝은 표정으로 말했다. 맞다, 카이는 하늘빛을 가지고 있다. 그 사실을 카이가 저번 회기에 비로소 알게 되어서 축하를 해주었다.

* 마음의 빛 메시지

9월 10일 : "차근차근해봐."

9월 12일: "하고 싶은 게 무엇인지 적어봐."

9월 13일: "복잡해하지 마."

9월 14일: "조급해하지 마."

9월 15일: "비교하지 마."

* 나만의 새 — 해피 메시지

9월 9일: "잘하고 있어."

9월 11일: "잘하고 있어."

9월 13일: "멋진 사람이야."

9월 13일: "잘할 수 있어."

9월 14일: "잘할 수 있어.

카이는 이렇게 설명했다.

"마음의 빛 메시지가 비교하지 말라고 한 것은, 일반적인 사람들한테 제가 가지는 비교의식을 말해요. 가까운 여자 친구를 보면서도 느끼거든요. 개강하고 열심히 공부하면서 자신의 할 일을 해나가고 있는 게 나와 비교가 되어서요. 내가 도움이 되어야 하는데……."

나는 현재 이렇게 프로그램을 하러 성실하게 다니고 있는 것 자체만으로도 여자 친구나 주위에 도움이 되고 있다고 했다. 이렇게 살아있는 것만으로도, 주어진 날을 보내는 것만으로도, 숨 쉬는 것만으로도 하늘의 도움을 받고 있는 것이고, 또 누군가에게 도움이 되고 있다고 말했다. 카이는 고개를 끄덕이며 웃었다. 다행이었다. 프로그램 전의 카이라면 내가 하는 말에 바로 제동을 걸 것이다. 뭐가 도움이라는 말이에요? 저는 그런 생각이 안 들어요. 어느 누구에게도 아무런 도움이 되지 않아요. 제가 죽어도 상관없는 세상입니다. 이런 식의 말을 거침없이 꺼냈을 것이다. 그런데 지금의 카이는 내 말에 수긍하고 있었다.

"운동은 세 번 정도 했는데요. 책은 한 번만 읽었어요. 운동은 30, 40분 정도 하거든요. 운동을 하고 나면 몸이 뻐근하게 아파요."

공책에 적힌 대로 '마음의 빛'이 9월 12일에 했던 메시지인 '하고 싶은 것이 무엇인지 적어보라'라고 한 그대로 적어보았는지 물어보았다. 카이는 하지 않았다고 답했다. 마음의 빛 메시지가 보내주는 권유가 있으면 바로 해보자고 하니 알겠다고 했다.

카이는 아빠가 저녁밥을 하고 있을 때 집안일을 하자는 약속대로 청소나 빨래를 했다며 웃으면서 말했다. 약속을 잘 지켰다며 칭찬해주었다.

이번 심상 시치료는 '장독'에 관해서였다. 장독을 아냐고 물어보았다. 갓 20살이 넘은 카이의 세대들은 장독을 모를 수 있다. 한 번도 본 적이 없을 수도 있을 것이다. 다행히 카이는 장독을 본 적이 있다고 했다. 장독에 음식을 오래 두고 익혀서 발효하여 먹으면 몸에 큰 득이 된다는 사실을 설명해주었다. 그렇게 하고 나서 내 마음의 장독에 담은 발효되는 마음은 어떤 것이라고 생각하는지 공책에 적어보자고 했다. 카이는 이렇게 적었다.

'성실함: 시작하게 되면 성실하게 잘하는 것 같기 때문이다.'

나는 이 글 중에서 '같기 때문이다'를 확신할 수 있는 말로 고쳐 보자고 했다. 카이가 다시 이렇게 적었다.

성실함. 시작하게 되면 성실하게 잘하기 때문이다.

이 말도 카이의 놀라운 변화에 속했다. 카이는 스스로 포기를 잘하고 뭐든지 잘 그만둔다고 한 적이 있었다. 주위에서 그렇게 본다고도 했다. 지금 적은 글은 그것과 정반대의 뜻이다. 이러고도 내면의 큰 변화를 눈치채지 못한다고?

"어릴 때부터 정해져 있는 걸 하면 성실하게 잘했던 것 같아요. 숙제 같은 거요. 요즘은 운동입니다. 제가 정한 할당량을 다 하고 있어요. 새로운 시작을 하려면 쉽게 질려하는 것은 있지만요."

카이보고 방금 공책에 정리해서 쓴 글을 소리 내 읽어보자고 했다. 그렇게 한 다음 지금, 현재 드는 느낌을 말해보자고 했다.

"맞는데…… 뭔가를 하면 3일 정도 성실하게 하고 또 나태해져요."

지금, 현재 하고 있는 방식대로 하면 된다고 말해주었다. 카이는 배시시 웃었다. 다음으로 눈을 감고 복식호흡 열 번을 하면서 온몸과 마음을 이완해보자고 했다. 그런 다음 멘트를 들려주었다.

내 마음의 장독이 있습니다. 오랫동안 내 마음에 머물러 있던 것입니다. 지금은 발효가 되어 내 인격, 인성, 성격을 이루는, 나를 이루는 맛이 되었습니다. 이 맛은 내 삶의 맛입니다. 내 마음 안의 장독에 있는 맛을 느껴보시기 바랍니다. 어떤 느낌이 드는지 그대로 느껴보시기 바랍니다. …… 장독이 지금, 나한테 말을 걸고 있습니다. 어떤 말을 하는지 그대로 듣고 함께 자연스럽게 대화를 나눠보시기 바랍니다. …… 이제, 장독과 작별 인사를 합니다. 내 마음의 장독은 언제나, 늘, 항상 내 삶을 담아내고 있습니다. …… 지금 이 느낌을 그대로 간직한 채 세 번을 세면 눈을 뜨시면 됩니다. 하나, 둘, 셋!

눈을 뜨자마자 활발하게 카이가 입을 열었다.

"시골 가면 볼 수 있는 장독이 보였어요. 내 키의 절반 정도의 크기인데 거기에 '성실함'이 담겼어요. 제가 성실함은 있지만, 뭔가 발전이 보이는 성실함이 없고, 조급함이 느껴진다고 장독한테 말했어요. 그랬더니 장독이 이렇게 대답했어요. 조급해하지 마. 계속하다 보면, 뭔가가 있을 거야, 하고요. 그래서 알았다고 했지만, 솔직히 모르겠어요. 마지막 인사는 '안녕'이라고 했어요. 묘한 느낌입니다. 성실함은 있는데 발전이 있는 성실함은 아니어서요. 요즘 저를 부정적으로 보는 것 같아요. 쓸모없다는 생각이 들고. 나는 안되는 아이인가? 이런 생각도 들고요. 자꾸 조급해지는 것 같아요. 미래에 대한 뚜렷한 결정이 없는 것 같아서요."

나는 이렇게 답했다.

"지금, 안 된다고 단정하는 것이 아니라 안되는 아이인가? 하고 물음을 가질 수 있으니 확실히 좋아졌군요. 모든 발전은 물음에서 시작하니까요!"

그런 다음, 이런 얘기를 들려주었다. 지인 한 분이 오래전 직접 겪은 일을 들려준 적이 있다. 그 이야기를 아무한테나 함부로 입을 연 것이 아니라고 했다. 일테면, 작정하고 들려주고 싶어서 내게 고백하듯 얘기하는 거라고 했다. 지인분이 했던 경험담을 결코 잊을 수 없다.

> 수십 년 전, 20대였던 그는 황급히 오토바이를 타고 가다가 맞은편에서 오는 차와 부딪쳐 사고가 났다. 자신의 몸이 공중으로 붕 뜨는 것까지는 기억했지만, 그다음은 의식을 차릴 수 없었다. 그런데 신기한 것은 그다음이었다. 공중에 뜬 채 아래를 보니, 누군가 만신창이가 되어 있었다. 누구인지 잘 모르겠지만, 아마도 목숨을 잃었을 거라

는 짐작이 갔다. 그런데 가까이 다가가서 살펴보니, 바로 자기 자신이었다. 너무나 깜짝 놀란 나머지 어떻게 해야 할지를 모르고 있었는데 갑자기 뒤에서 강력하게 끌어 당기는 힘에 의해 급속도로 밀려나 터널을 통과하고 있었다.

그러는 동안 자신의 모든 삶이 거대한 파노라마처럼 흘러갔다. 신기한 것은 숱한 장면 하나하나가 너무도 세밀하게 자세히 펼쳐지되 아주 재빨리 지나갔다. 그런데도 전부 이해되고, 전부 다 살펴볼 수 있었다. 또 이상한 일은 매 순간마다 미처 하지 못했던 생각, 말들이 떠올랐던 것이다. 그 순간 상대방에게 잘하지 못했던 배려와 사랑을 생각하면서 회한에 사로잡혔다. 예를 들면, 누군가와 대화를 하는데 좀 더 상대방을 위해서 따뜻하게 대해주지 못했던 것이 미안해서 견딜 수 없는 후회가 되더라는 것이다. 그 안타까움이 너무나 쓰라려서 자신의 삶에 대해 견딜 수 없는 부끄러움이 드는 순간이었다.

갑자기 어디선가 장엄하면서 온화한 목소리가 들려왔다. "괜찮다. 너는 이미 네 삶을 용서받았다." 그러자 지극한 평온함이 찾아왔고, 동시에 신비한 감각을 느꼈다. 어느 한 방향으로 향해 바라보는 것이 아니라 몸은 앞으로 있어도 360도로 여러 방향이 동시에 보였다. 너무도 신기한 나머지 지금, 경험하는 이 진귀한 체험을 꼭 간직하겠다고 작정했다. 그리고 그 장엄하고 온화한 목소리한테 질문을 했다. "혹시 이렇게 자신의 삶을 용서받지 못하는 사람도 있나요?" 목소리는 하나의 영상을 보여주었는데, 그것은 7살 적의 자기 자신이었다. 부엌 싱크대 위 도마에 생선이 놓여있었다. 발돋움하고 서서는 이 생선이 만약 살아있어서 칼로 쑤시면 어떤 느낌일지 흥미가 당겨서 칼을 들어 이곳저곳을 찔러보았다. 과거의 그 장면과 함께 이런 식으로 누군가의 목숨을 재미 삼아 앗아가는 이들은 용서받지 못한다는 것이 이해되었다. "그럼, 그런 이들은 어떻게 됩니까?"라고 연이어 질문했다. 그에 대한 답도 영상으로 보여주었다. 블랙홀로 모든 것이 빨려 들어가는 장면이 고스란히 눈앞에 나타나는 거였다. 다시 다른 질문을 했다. "그럼 자살하는 사람들은요?" 그렇게 질문을 퍼붓자 온화한 그 목소리의 주인공은 빙그레 웃었다. 아주 호기심이 많은 것을 너그럽게 이해한다는 인자한 미소였다. 눈앞에 실체가 보이지 않았지만, 보이지 않아도 존재를 느낄 수 있었다. 이것은 도무지 설명할 수 없는데, 그때 그 상황에서는 그것이 이상하지 않고 당연하고 자연스럽게 느껴졌다고 했다.

연이어 한 장면이 나타났는데 그것은 끝도 없을 정도로 펼쳐진 사막이었다. 그 사막의 황량한 길을 한 사람이 뚜벅뚜벅 걸어가고 있었다. 그러다가 이 신발 때문에 힘들어 죽겠다며 투덜투덜하다가 돌연 신발을 벗어 던졌다. 그런 다음 다시 길을 갔는데 뜨거운 햇살이 쏟아지고, 그 빛에 달궈진 모래를 맨발로 너무나 고통스럽게 걸어가고 있었다. 그다음, 다른 질문들도 몇몇 더 했지만, 다른 것은 잘 기억나지 않는다. 그러던 어느 순간 왔을 때처럼 어떤 자력 같은 것이 자신을 이끌었는데 이제는 앞에서 힘껏 밀면서 돌아갈 때가 되었다는 소리를 들었다. 그런 다음 갑자기 자신의 몸으로 돌아오게 되었는데 너무나 좁고 갑갑해서 견딜 수 없을 지경이었다. 더군다나 그토록 자유로웠던 상황이 종료되고 엄청난 육체적 통증이 느껴졌다. 그래서 좀 전의 곳으로 돌아가고 싶은 강렬한 의지를 소리로 나타냈는데 '으으~'라는 소리밖에 나오지 않았다. 그 순간 병상을 지키고 있던 여동생이 살아났다며 환호하는 것을 들었다고 했다.

이 이야기를 죽 들려주었다. 다음으로 '의미 치료'를 창시한 빅터

프랭클이 했던 말을 들려주었다.

'성공을 향해 쫓아가려 하지 마라. 성공에 대해서 목표 삼지 말고 일이 되어가는 대로 내버려 두어라. 자신의 내면의 목소리에 충실하면서 살아나가면, 어느덧 성공이 자신을 향해 오고 있는 것을 발견하게 될 것이다.'

앞날에 대한 불안, 걱정, 근심에 휩싸인 채 살아가는 카이한테 이 순간, 내 마음의 빛이 내 입을 열어 이 말들을 전하게 한 것이다. 나는 그렇게 믿는다.

"사후세계 이야기를 듣고 신기했어요. 한편으로는 복잡했어요. 자세히는 모르겠는데…… 시련과 고통이 있어야 성숙해진다는 뜻으로 들렸어요. 그동안 뭔가 하려면 하고 싶은 걸 해야 한다고 생각해왔거든요. 근데, 오늘 들은 얘기를 통해서 하기 싫어도 극복하면서 해야겠다는 생각이 들었어요."

오래된 우울을 빌려 말하자면 살기 싫어도 극복하면서 살아야 한다. 무지하게 오랫동안 자살을 꿈꾸어왔던 나한테 화두는 언제나 '살자'였다. 목숨이 주어진 날까지 살아나가는 것, 그것이 늘 과제였고 관건이었다. 그렇게만 될 수 있다면 얼마나 좋을까. 당연하게 살아가는 것이 내게는 전혀 당연하지 않은 것이었다. 죽고 싶었던 숱한 나날을 딛고 살아있다는 것은 결단코 당연하지 않았다. 살고 있는 것은 특별한 일이고 존경스러운 일이었다. 구순을 넘어서 사는 어머니만 해도 그렇다. 여기저기 아프고 힘겨워하면서도 주어진 목숨을 지탱하고 있는 모든 이들이 내게는 존경의 대상이었다. 그토록 오랫동안 죽고 싶었으므로 죽지 않은 이들을 존경하며 본받고 싶었다. 그러니 살기 싫어도 극복하면서 살아내야 하는 것이다.

사실 문학치료 학문을 배우고 심상 시치료를 개발해서 이렇게 심리 치유를 하는 것도 이런 이유 때문이다. 뜻깊게 살 수 있는 길을 안내하는 쉐르파 역할을 하는 것이 바로 치료사이다. 그렇게 하면서도 내가 자살을 하다니 있을 수 없는 일이지 않은가. 의미 깊게 살자고 하면서 내가 내 목숨을 건사하지 못한다면 말이 되지 않는다. 이 이율배반에서 벗어나기 위해 말과 행동이 같기 위해 나는 얼마나 애쓰며 내공을 기르겠는가. 그러니 치료사가 된 것은 결국 내가 안 죽고 살아가기 위한 자살 극복을 위한 절묘한 대책인 셈이다. 살아있는 모든 존재들은 나한테서 존경을 받기에 합당하다. 나는 그들을 존경하며 본받고 있다.

나는 이런 뜻을 간직한 채 이렇게 말해주었다.

“삶 속에서 갑자기 예기치 않게 다가오는 시련과 역경은요, 극복해야 할 것들입니다. 그리고 카이한테는 원하는 일을 얼마든지 할 수 있는 가능성이 열려 있어요! 이제 카이도 알 거라고 믿습니다.”

이어서 카이한테 오래전부터 하고 싶었던 일이 무엇이었는지 물어보았다.

"중학교 때 레미제라블을 보고 뮤지컬을 하고 싶었어요. 와인을 좋아하니까 소믈리에도, 만화 보다가 명탐정 코난을 즐겨 봤는데 그래서 명탐정이 되고도 싶었고, 바리스타도, 상담사도 되고 싶어요."

줄줄이 소망들이 터져 나오고 있었다. 방금 말한 것들을 하나씩 실행해보면 어떨까? 우여곡절이 많은 멋진 삶이 될 거라고 믿는다고 했다. 모든 가능성이 열려 있으니, 내면의 말을 듣고 살아가보자고 했다. 카이는 고개를 끄덕이며 환하게 웃었다.

다음 주까지 해올 과제를 제시했다.

첫째, 아침에 눈뜰 때 '마음의 빛' 메시지를 듣고 적어오기.
둘째, 맘부 에너지 말 하루 세 번씩 하기(자유로운 시간에).
셋째, '나만의 새' 메시지 듣기(자기 직전).
넷째, 운동(30분 이상), 책 읽기(1시간 이상) 5번 이상하기.
다섯째, 내가 하는 내 칭찬(하루 한 번씩 날마다).
여섯째, 10년 후의 내 모습을 떠올려서 무엇을, 어디에, 어떤 삶을 살고 있는지 10년 후의 내가 지금 현재의 나에게 들려주는 메시지 적어오기(A4용지 한 장 정도 분량으로).

지금까지 해온 과제 중, 최고 많이 내준 과제다. 그런데도 카이는 잘 해오겠다고 시원스럽게 답했다.

아홉 번째 만남

날마다 좋아지는 걸까?

카이는 좋아졌다가 원점으로 가는 것 같다고 말했다. 3일은 좋아졌고, 4일은 원점이라는 것이다. 다시 좋아져야 하는데 어떻게 해야 할지 잘 모르겠다고 했다.

"더 깊이 생각하지도 않아요. 나태하고 게으른 저를 볼 때 속상합니다. 여러 생각을 많이 하긴 하지만, 뭐가 뭔지 아직도 잘 모르겠어요."

카이는 조바심을 내고 있었다. 자신감 있고 당당하고 신나게 살기를 바라는데 잘되지 않는다. 한 사흘 정도는 그런 것 같은데 그러지 않은 날들이 더 많은 것 같다. 어떻게 살아야 할까? 언제쯤이면 새롭고 멋지고 기분 좋은 삶이 내게로 오는 것일까?

이 질문이 맞지 않다는 것을 이내 알아차릴 수 있다. 그런 삶이 내게 찾아온다고? 내가 삶을 사는 것이 아니라? 우리는 뭔가 그럴듯하고 멋진 일이 떨어지기를 기대한다. 하늘에서 보석이 떨어지기를 바라는 것과 같다. 삶을 살아내는 것은 나 자신인데 모든 것을 외부에서 찾으려고 든다. 좋은 일이 생기면 신나고 슬픈 일은 기분 나빠지는 격이다. 그럴 수밖에 없겠지만, 그것만이 다는 아니다. 어떤 일이 일어나는 것은 갖가지 엮인 외부적인 요인과 상황이겠지만, 보이는 것이 전부는 아니다. 마음을 밝고 환하고 활기 있게 가지면 긍정의 일이 일어나게 된다. 어둡고 아프고 찡그리고 화난 온갖 불안한 마음을 지니고 있다면 희한하게도 부정의 일이 일어나기 마련이다. '긍정'과 '부정'이라는 이름을 붙이는 것도 실은 맞지 않는다. 내 기분에 따라 좋은 기분을 가지는 것이 긍정이고 반대는 부정이라는 식은 어리석을 뿐이다. 겉으로 보이는 현상과 기분을 함께 생각하자면 썩 좋지 않을 따름이지만, 그것이 내게 쓴 약이 될 수도 있다. 어떤 일을 시도했는데도 이뤄지지 않았을 때는 좌절할 수밖에 없지만, 그것이 오히려 잘 되었을 수도 있다. 그 일로 내 마음이 넓어지고 경계 세운 마음이 허물어졌다면 그것은 축복이다. 그러니 우리가 가져야 할 마음은 그 일이 일어나게 '내버려 두는' 것이다. 내팽개치는 것이 아니다. '내버려 두는 것'은 내맡기는 것이고 섭리에 감사하는 것이다. 일어나는 일을 일어나는 대로 수용하는 것이다. 따뜻하고 아름다운 시선은 나를 부드럽게 바라보는 것이다. 이것을 하지 않으면 가치가 없다는 식의 판단을 하지 않는 것이다. 억지를 부리며 꼭 해내야 한다고 나를 닦달하지 않는 것이다. 채찍으로 나를 휘두르지도 않고 잘 안되면 비난의 화살을 바로 나한테도 겨누지 않는 것이다. 잘할 수 있다는 진정 어린 응원을 하지만, 잘 안 된다고 해도 그것만으로도 감사하다는 넓은 마음을 나한테 품어주는 것이다. 내가 나를 도닥거리며 앞으로 걸어가는 것이다. 불안과 초조와 긴장하는 마음을 내려놓는 것이다. 마음의 짐을 부려놓고 영혼의 성장을 위한 사다리를 올라가는 것이다.

그것은 쉽다. 그렇지만 어렵다. 어려운 것은 안 해봐서 그런 것이고 쉬운 것은 자꾸 하면 할수록 쉬워져서 그렇다. 그러니 일단 해봐야 한다. 마음을 내려놓는 것, 내맡기는 것! 그런데 도대체 누구한테 내맡기면 될까? 마음의 짐을 누가 대신 맡아준단 말인가? 인간이? 어림도 없다. 인간은 저마다의 마음의 짐을 지고 가기에 바쁘다. 아무리 친한 사이라고 해도 짐을 대신 져줄 수가 없다. 그 짐을 맡긴다고 덥석 받는 자도 없다. 인간의 한계는 너무나 분명하다. 그러니 인간을 초월한 존재한테 짐을 맡길 수밖에 없다.

짐을 맡기면 홀가분해진다. 도대체 내맡기는 것은 어떻게 하는 것일까? 그것도 쉽다. 너무 쉬워서 잘 하지 않는다. 잘 하지 않으니 어렵다. 내맡기는 것은 '감사'로부터 일어난다. 좋은 일에도 나쁜 일에도 가리지 않고 '감사'하는 것이다. 감사는 이 세상에 나 혼자밖에 없다는 생각을 내려놓게 한다. 감사는 보답하는 마음을 느끼는 것을 일컫는다. 그 보답의 대상은 다 다르겠지만, 결국은 하나로 이어진다. 상대방과 어떤 상황, 그리고 그 일에 관여한 나. 그렇게 보면 모든 감사는 확장한 내가 펼친 삶의 이야기다. 삶을 주관하는 것, 생명을 좌우하는 것, 탄생과 죽음을 관장하는 것은 내가 아니니 결국 '감사'는 신께 하는 기도다. 신을 믿든 믿지 않든 간에 '감사'는 기도다.

이제 카이가 감사에 대한 의미를 알아차릴 때가 되었다. 나는 과제 공책을 펼치게 했다. 원하는 색연필을 꺼내 보자고 했다. 카이가 선택한 빨강 색연필로 이렇게 적어보자고 했다.

나는 날마다 좋아지고 있다.

그리고 그 옆에 별 다섯 개를 그려보자고 했다. 별은 다섯 개가 만점이라고 했다. 온전함을 뜻하는 별까지 그려놓았다. 좋아지고 있다는 것은 신이 주는 사랑이다. 신이 베풀어주신 삶인데 설마 안 좋아질 리가 있겠는가? 이것도 기분이 좀 나아질 때의 말이지 기분이 잡칠 때는 신도 '베풀어주신 삶'이라는 말도 안 통할 수가 있다. 신을 원망하고 비난하고 싶을 때도 있다. 닐 도날드 월쉬가 그랬다. 신이 있다면 내가 이렇게까지 망가질 리는 없을 것이라며 하늘에 삿대질하기 시작했다. 놀랍게도 신은 그 말에 대답하기 시작했다. 그는 들은 말 그대로를 옮겨 '신과 나눈 이야기'라는 책을 썼고 베스트셀러 작가가 되었다.

신이 없다고 생각할 수도 있다. 그게 뭐가 중요하냐고 물을 수도 있다. 이 세상에 나라는 존재로 태어났다. 이 세상도 나도 뭐가 중요하냐고 물을 수도 있다. 모든 물음을 뒤로 하고 지금, 현재, 이 순간을 살고 있다. 목숨이 다하는 순간까지 살아나가고 있다. 그것은 너무나 중요하다. 삶도 죽음도 중요하다. 그래서 인간이 도저히 밝히지 못하는 영역을 두고 '신의 영역'이라고 한다면, 그것도 중요하다. 삶과 죽음을 오로지 인간이 주관하지 못하기 때문이다.

모든 것은 좋아지기 마련이다. 인간의 관점에서가 아니라 신의 관점에서 그렇다. 소견이 제한적이고 삼차원의 한계가 분명한 인간이 보기에는 형편없기만 하고 엉망으로 치닫기만 할 때도 그렇다. 되는 일이 없고 절망의 나락으로 떨어지기만 할 때도 그렇다. 인간이 아니라 신의 입장에서 볼 때 일어날 일이 일어났을 뿐이다. 인간을 이루는 물리적인 한계는 육체다. 비물리적인 부분은 사차원 이상의 존재인 마음이다. 마음은 어디까지 갈 수 있을까? 시간과 공간의 제약이 없는 것이 사차원이다.

육체는 어느 한 공간 속에 붙박여 있지만, 마음은 자유롭다. 원하는 어디든지 갈 수 있다. 육체는 한국에 있지만, 마음은 지금 바로 알래스카에 있을 수 있다. 과거에도 갈 수 있고 미래에도 다녀올 수 있다. 이 세상이 아니라 저세상에도 갈 수가 있다. 타인과 마음을 합칠 수도 있다. 내가 그 사람이 되어서 말해볼 수도 있다. 사람이 아니라 물건이나 자연물이 될 수도 있다. 마음의 법칙은 놀랍기 그지없다. 나는 이런 마음을 잘 활용해서 심상 시치료 기법으로 삼아왔다.

카이는 공책에 적고도 미심쩍어하면서 이렇게 말했다.

"이번 주는 과제를 잘하지 못했어요. 제가 좀 나태해진 것 같아요. 그래도 '마음의 빛' 메시지는 꼭 하려고 했어요. 나만의 새는 자기 전에 하려는데 그대로 잠이 들어서 못 했어요. 칭찬도 그냥 자버려서 못 하고…… 그리고 10년 후의 나는 상상이 안 가서 못 했어요."

과제를 해 온 것을 보면, 카이는 나태해진 것 같기도 했다. 나태해서 안 해 온 것인지, 안 해와서 나태한 것인지 헷갈리긴 했다.

그렇다면 지금 바로 상상해보자고 했다. 10년 후의 나, 31살의 나는 어디에 있는지 느껴 보라고 했다. 카이는 이렇게 말했다.

"밤 11시예요. 호텔 방에서 혼자 창밖을 바라보고 있어요. 서울 여행 중이거든요. 저는 여유 있고 차분하고 생각이 깊은 사람입니다. 마음도 부자이지만, 물질도 부자입니다. 취미는 격투기 운동이고, 직업은 공무원이에요. 그러면서 자신의 마음을 잘 알 수 있기 위해 심리 공부를 하는 중입니다."

꿈을 꾸는 표정을 지으며 카이가 말했다. 그런 다음 이렇게 말했다.

"그런데 과연 그렇게 될 수 있을까요? 의문이 들어요."

나는 한번 해보자며 격려했다. 10년 후의 내가 지금의 나에게 들려주는 메시지를 적어보자고 했다.

카이는 잠시 주저하듯 공책을 펼쳐 놓고 가만히 앉아있었다. 이윽고 한 글자씩 적어 내려가고 있었다.

안녕? 21살의 카이야. 잘 지내고 있어?
내 기억에 21살의 너는 많이 힘들어하고 방황도 하고 그런 너일 거야. 남들보다 힘든 것도 아닌데 힘들어하는 네 모습이 우습기도 하고 좌절이 되기도 할 거야. 그래도 괜찮아. 넌 그 힘듦을 인정하고 바꿔나가기 위해 노력을 할 테고 그렇게 차츰 괜찮아질 거야. 그리고 힘듦의 기준은 다 다른 것이기 때문에 너무 의미부여 하지 않아도 돼. 의문점을 가지고 부정적인 생각을 많이 하겠지만, 반대로 널 믿고 좋은 방향으로 간다면 분명 성공할 거야. 그게 지금 나, 31살의 나란다!

카이가 스스로 이 글을 읽어보자고 했다. 글을 읽을 때 31살의 내가 지금의 나에게 들려주듯이 소리 내어 읽도록 했다. 카이는 자신에게 따뜻하게 충고하는 미래의 나를 만나고 있었다. 서울여행 중에 호텔에서 묵고 있는 31살의 카이. 커피를 마시며 도시의 야경을 내려다보고 있는 카이. 하고 싶은 일들을 잘 찾아서 해내는, 자신감 있고 당당한 카이. 그런 카이가 21살의 나한테 말을 걸고 있다. 카이는 진지한 표정으로 말했다.

"차츰 괜찮아지겠군요. 확실히, 좋은 쪽으로 갈 수밖에 없겠어요!"

카이가 말을 마치고 싱긋 웃었다. 그다음 다른 과제를 마저 확인했다.

* 마음의 빛 메시지

9월 18일 : "좌절하지 마."

9월 19일: "자신을 가져."

9월 20일: "기죽지 마."

9월 21일: "복잡해하지 마."

* 나를 칭찬하기

9월 18일: "안전 운전을 해서 잘했어."

9월 19일: "무사히 알바를 마쳐서 잘했어."

* 나만의 새 메시지:

9월 18일: "고생했어."

9월 20일: "고생했어."

마음의 빛 메시지는 부정보다는 긍정으로 하는 메시지다. 어떤 것을 하지 말라고 하는 순간, 금지로 그은 금 이전에 한 말이 고스란히 드러난다. 싸우지 말라고 하면, '싸움'이 드러나고 욕심내지 말라고 하면 '욕심'이 드러난다. '말라'로 끝나는 말보다 진정으로 하고 싶은 말을 하는 편이 낫다. 그래야 명확하게 알아들을 수 있고, 더군다나 그렇게 해야 효과적이다. 흔히 일컫는 예로 '분홍 코끼리'를 생각하지 말라고 하면, 십중팔구 분홍 코끼리를 떠올리게 된다. '생각하지 마'가 초점이 아니라 저절로 생각이 떠오르기 마련이다. 그래서 '마음의 빛'은 아름답고 인상 깊은 강렬한 메시지를 보내온다. 그 메시지들은 주로 하지 말라는 것이 아니라 '하라'는 뜻을 담고 전해진다. 나는 카이한테 '마음의 빛' 메시지를 같은 의미를 담아서 긍정의 말로 바꿔보자고 했다. 카이는 이렇게 수정했다.

* 마음의 빛 메시지

9월 18일 : "좌절하지 마."---> "계획대로 해봐."

9월 20일: "기죽지 마."---> "자신감을 가져."

카이는 아주 잘 해냈다! '마음의 빛' 메시지는 그냥 생각을 말하는 게 아니냐고 할지도 모른다. 생각과 마음은 또 다르다. 생각이 자아의 영역이라면 마음은 자기의 영역을 포함하고 있다. 마음은 겉마음과 속마음으로 구별된다. 겉마음은 생각의 지배를 받기도 하고 감정의 흐름에 따라 흔들리기도 한다. 속마음은 마음의 중심에 뿌리를 뻗은 채로 굳건히 존재한다. 그래서 속마음은 참마음이고, 진정한 마음, 양심이라고 부르기도 한다. '마음의 중심'은 '빛'이 존재하므로 진정한 속마음은 아름답고 빛난다. 경우에 따라서는 속마음을 스스로도 잘 찾아낼 수 없도록 꽁꽁 싸매어 실종되었다고 느끼기도 한다. 그럴 때, 속마음은 사라진 것이 아니라 스스로 덮어씌운 두꺼운 가림막 안에서 숨 쉬고 있다. 그렇게 가려진 것을 걷어내는 힘은 '용서'에 있다. 용서를 하는 이도 자신이고 용서를 받는 이도 자신이다. 가림막이 걷어지지 않은 채 살아가다가 결국 진정한 마음을 알아차리지 못하고 눈을 감는 이가 대다수다. 그런 삶을 살아온 이들의 대부분은 자아 확장에만 관심을 가진다.

자아 확장은 다른 말로 하면 '자아실현'이다. 오로지 멋진 집, 번쩍이는 차, 엄청난 부, 명예와 권력에만 관심을 둔다. 그렇게 살다 보니 늘 성에 차지 않는다. 뭔가를 더 가져야 하고, 한 살이라도 젊을 때 지경을 넓혀야 한다. 물질이든 돈이든 더, 더 많이 가져야 한다. 엄청난 소유욕으로 늘 긴장 상태다. 혹시나 가진 것을 빼앗기지 않나 전전긍긍해 한다. 조금이라도 손해 보는 것을 참지 못한다. 하나하나 다 계산해서 이익을 보려고만 든다. 그렇게 사는 것을 열심히, 최선을 다한 삶이라고 여기기도 한다. 주어진 삶의 초반과 중반 정도는 그렇게 할지도 모른다. 나이가 들수록 자아 확장은 한계가 있다. 아무리 건강 관리를 잘한다고 해도 노화를 완벽하게 막을 수 없는 것과 같다. 어렵게 얻은 지위는 박탈당할 때를 만나고 명예도 사라질 때가 온다. 그게 못 견디게 서럽고 억울하고 아프다. 바깥에서만 실현의 대상을 찾으려고 하니, 한계가 닥치게 되면 허무하게 된다. 모든 것이 허무하게 느껴지는 것, 우울증이 오는 것이다.

인간이 눈을 내면으로 돌려 자신의 안에서 해답을 찾는 것을 '자기실현'이라고 한다. 분석심리학자 융의 표현대로 하자면 자기실현은 '자기개성화 과정'이다. 자신의 내면 안에 존재해 있는 삶의 의미, 자신만의 재능, 삶이 주어진 하늘의 큰 뜻을 이뤄가는 것을 뜻한다. 내면으로 들어갈수록 하늘의 뜻을 알아차리게 된다. 내가 아니라 더 큰 나, 나만이 아니라 확장된 나, 세상과 무경계인 나로 살아나가게 된다. 자기실현은 하루아침에 이뤄지지는 않는다. 방향만 내면으로 틀게 되면 분명히 일어날 수 있다. 그런데 '방향을 내면으로 트는 것'이 과연 무엇일까? 이 애매하고 철학적이면서 종교적인 행위를 어떻게 설명할 수 있을까?

심상 시치료 기법으로 설명하면 그것이 바로 '마음의 빛'의 메시지를 듣는 것이다. 일견 거창한 듯하지만, 그렇지 않다. 내 마음의 빛깔을 떠올리고, 마음의 빛이 마음 가득 퍼진다는 것을 상상하면서 메시지를 들어보면 된다. 다만 메시지를 듣고 잊어버리는 것이 아니라 가슴에 품어보면, 그렇게 한 그대로 살 수 있다. '마음의 빛 메시지'는 중심 마음에서 우러나오는 영혼의 말씀이다. 그것이 바로 생각과 마음의 차이다. 생각은 이성과 감정이 작용하지만, 마음의 뿌리를 잡고 있는 것은 신이고, 바로 '마음의 빛 메시지'를 통해 신이 나타나는 것이다.

카이는 이렇게 말했다.

"책 읽기는 폰을 하다가 늦어져서 그냥 잘까? 하면서 안 했어요. 카톡을 하거나 게임을 주로 하는데 요즘 들어서는 좀 줄어들어서 하루 2시간 내로 해요. 전에는 엄청 많이 했어요. 중학교 3학년 때는 하루에 9시간 정도요. 중학교 3학년 때 제일 많이 한 것 같아요. 방학 때는 한 달 동안 평균 하루에 5시간 정도 했어요. 지금은 엄청 많이 줄어든 겁니다. '롤'이라는 싸우는 게임을 주로 해요. 기지를 부수고 하는 게임입니다. 그런데 게임이 재미가 없어요. 점수도 낮은 편이에요. 다른 사람들과 같이하는 게임인데 그 사람들이 너무 못하거나 일부러 죽거나 하면 재미가 없거든요. 다섯 명이 모여야 할 수 있는 게임이에요. 지게 되면 괜히 시간만 낭비했구나 싶어요. 그것 말고요. 요즘은 유튜브는 많이 봐요. 일상 영상이나 재밌는 영상들요. 운동은 밤 11시경에 꾸준히 했어요."

그래도 꾸준하게 하는 것이 하나라도 있는 것에 대해 칭찬의 박수를 보냈다. 조금 더 분발해서 스스로 세운 계획표를 지켜보자고 했다. 카이는 그렇게 하겠다고 약속했다.

이번 시간의 심상 시치료는 '품앗이'이다. 아름다운 우리 전통문화로 서로를 도와주면서 인정을 베풀고 나누는 관습이다. 나는 카이한테 살아오면서 누군가로부터 품앗이를 받은 적이 있는지, 한 단어를 쓰고 그 이유를 적어보자고 했다.

〈공감〉 내가 힘들 때 친구와 대화를 하며 공감과 조언이 서로 오갔던 게 떠올랐기 때문이다.

카이는 고등학교 1학년 때부터 만나온 친한 친구들이 있다고 했다. 올해 6월, 7월에 그 친구들 중에서 각각 두 친구가 입대했다고 한다. 몇 달이 지난 다음 휴가를 나와서 함께 만났다고 했다. 술을 먹고 집으로 가는 길에 얘기를 나눴다고 했다. 카이의 말을 듣던 그 친구가 자신한테 힘들만 하다는 말을 해줘서 위로받았다고 했다. 공감이라는 품앗이를 해주는 멋진 친구라고 했더니 카이가 웃었다.

이번에는 내가 누군가에게 품앗이를 해준 적이 있는지 떠올려 보자고 했다. 떠오르는 것을 한 단어로 쓰고 이유를 적게 했다.

〈경청〉 상대방이 얘기할 때 집중해서 잘 들어주기 때문이다.

카이는 별로 크게 망설이지 않고 이렇게 적었다. 공감과 경청! 카이는 인간관계에서 소중한 경험을 하고 있는 행운아였다!

카이는 친구들이나 힘들어했던 사람들, 여자 친구의 말에 주로 경청을 잘했다. 그런데도 고등학교 1학년 때부터는 경청이 잘 안되더라고 했다. 이유는 모르겠지만 오가는 대화들이 잘 떠올려지지 않는다고 했다. 아르바이트할 때도 사장님이나 같이 일하는 다른 사람들이 말하는 것을 잘못 알아들을 때도 많더라고 했다. 그래서 시킨 것을 잊고 다시 묻곤 한다는 거였다. 그럴 수도 있다. 우울한 기분은 에너지를 앗아가 버린다. 내면의 힘이 빠진 상태에서는 자존감도 낮아진다. 타인을 배려하는 마음도 잘 내지 못한다.

카이한테 걸을 때 주로 어디를 쳐다보는지 물어보았다. 카이는 땅을 주로 봤지만, 최근에는 구름과 하늘을 본다고 했다. 그러면서 연이어 하늘 이야기를 하기 시작했다. 군대 있을 때 분대장이 달이 어디 있는지 찾길래 같이 밤하늘에서 달을 찾아본 기억이 있다고 했다. 달을 찾는 군인이라! 어울릴 것 같지 않지만 묘하게 어울렸다. 은은한 빛을 뿜어내는 달을 향해 시선을 좇는 철모를 쓴 두 군인!

달을 얘기하던 카이는 갑자기 담배 얘기를 꺼내기 시작했다. 한 번은 자대에서 불침번을 서는데 새벽부터 아침까지 근무하면서 담배를 피우며 하늘을 바라보았다. 여자 친구한테는 비밀이지만 지금은 담배를 하루 한 대 정도로 줄였다고 했다. 담배를 피운 적이 없었는데 부대에 가서 교육 동기생이 하도 권해서 피우기 시작했다. 그렇지만 일주일에 두세 번 정도는 아예 담배를 피우지 않는다. 하루에 반 갑 정도 피우다가 지금은 겨우 하루 한 개비 정도 피울까 말까 한다. 그냥 별로 담배를 피우려는 생각이 들지는 않아서 그런다고 했다. 달에서 담배로 화제를 바꾼 이유를 물어보았다. 카이가 짧은 군대 생활이었지만, 갑자기 생각이 나서 말한 것이라고 했다. 무의식이란 게 그런 것이다. 잘 모르겠지만 갑자기 생각이 나기도 해서 이렇게 무턱대고 말을 하게 되는 것이다.

자연은 특정한 에너지를 상징하기도 한다. 주로 태양이 아버지나 남성을 상징한다면, 달은 어머니나 여성을 상징한다. 태양을 보면서 누군가를 그리워하며 보고 싶다는 느낌을 갖지는 않지만, 달을 보고는 그렇게 한다. 태양은 강렬하지만 달은 부드럽고 온화하다. 뻗쳐오르는 태양이 강인한 남성적 에너지를 가지고 있다면, 달은 포근하고 감싸주는 여성적 에너지를 지니고 있다. 아마도 소중한 사람에 대한 그리움이 달을 찾게 했을 것이다. 카이가 고등학교 때 헤어져서 잘 만나지 못했던 어머니를 일찌감치 포기했지만, 그리운 마음은 무의식 깊이 크게 자리하고 있었을 것이다. 그 그리움은 현실에서 충족되지 못한다는 이유 때문에 무기력과 자포자기로 나타나기도 하고, 때로는 휴대폰 게임에 몰두하는 것으로 드러나기도 했다. 담배를 그런 도피의 도구로 썼을 수도 있었지만, 카이는 그러지 않았다는 것이다. 여러 중독의 매체를 다양하게 걷잡을 수 없이 무분별하게 접했던 것이 아니었다.

카이는 긍정으로 성큼 한 발을 내딛고 있었다. 그렇지만 그동안 가져왔던 부정의 여러 생각들이 카이의 발목 언저리를 따라다니고 있는 듯했다. 카이는 이것마저도 뿌리치고 앞으로 나갈 수 있을까?

다음으로 눈을 감고 긴장을 풀고 몸과 마음을 이완하면서 열 번 정도 복식호흡을 하자고 했다. 그리고 이런 말을 들려주었다.

"이 세상에 값비싼 보석 중에서 다이아몬드를 떠올려보세요. 다이아몬드가 비싼 이유는 아주 귀해서입니다. 그렇지만 아무리 귀한 다이아몬드도 지구에 있는 모든 다이아몬드를 모아보면 많습니다. 하지만 '나'는 똑같은 마음, 인생, 외모를 가진 존재가 단 한 명도 없습니다. 나는 다이아몬드와 비교할 수 없는 유일하고 독특한 귀한 존재입니다. 나는 다이아몬드하고 비교할 수 없을 만큼 훨씬 소중한 존재입니다."

당연한 말이지만 누구나 이렇게 생각하지는 않는다. 스스로를 비참하고 보잘것없다고 여기기 일쑤다. 문명이 발달하고 기계화가 되어갈수록 인간은 점점 자신을 비하시킬 수밖에 없다. 인간보다 월등한 존재들이 속속 탄생되기 때문이다. 인공지능 기계가 일상화되면 대부분의 인간은 보람을 잃게 될 것이다. 지금 당장은 가열되는 경쟁사회가 그렇게 하도록 내몬다. 산업이 발달할수록 인간은 비참해지고 세상은 타락해간다. 이 비정상적인 흐름을 멈추려면 '혁명'이 일어나야 한다. 그냥 가만히 두게 되면 세상은 나락의 길을 걸을 뿐이다. 이 혁명을 부르짖은 이는 미국의 정신의학자 데이비드 호킨스다. 그는 《의식 혁명》이라는 책을 쓰기도 했다. 인간은 의식 혁명이 아니고서는 살아남기 힘들다. 의식 혁명이 일어나야 버틸 수 있고, 이겨낼 수 있다.

정신건강 의학과에서 간호사로 근무할 때다. 복식호흡을 설명하면서 보석과 비교할 수 없는 나 자신에 대해 이야기를 했다. 그렇게 복식호흡을 따라 하던 이들 중에서 40대 중반으로 조울증이 극심한 여자 환자가 있었다. 그것만 했는데도 놀랍게도 환자의 정서가 안정이 되었다. 담당 의사는 레지던트였는데 좋아진 이유를 모르겠다며 고개를 갸우뚱거렸다. 약도 그대로이고 면회를 오거나 특별한 일이 생긴 것도 아닌데 환자가 차분해지고 밝아졌다는 것이다. 이 복식호흡에 따른 멘트의 효과는 거의 2주일간 지속되었다.

카이는 깊고 고른 숨을 내쉬면서 고스란히 듣고 있었다. 몸과 마음을 이완하면서 복식호흡을 열 번 정도 하고 난 다음에 심상 시치료 멘트를 읽어 주었다.

> 나는 기꺼이 내 마음을 줄 수 있는 헌신하는 마음을 가지고 있습니다. 내가 준 것에 대해 어떤 결과나 이익을 챙기거나 구하지 않고 그저 베풀려고 합니다. 지금, 이 순간, 누군가를 떠올려봅니다. 내가 어떠한 이익을 생각하지 않고 오로지 베풀어주기만을 위한 한 대상, 한 존재입니다. …… 지금, 그 존재가 내 앞에 있습니다. 나는 내 마음을 보냅니다. 내가 줄 수 있는 마음을 아무런 대가를 바라지 않고 보냅니다. 헌신하는 마음으로 보냅니다. 이 존재가 나에게 무엇이라고 말을 합니다. 어떤 말을 하는지 들어보시기 바랍니다. 이어서 나와 자연스럽게 대화를 나눕니다. 무엇이라고 나누고 있는지 그대로 들어보시기 바랍니다. …… 이제 대화를 마무리 짓습니다. 작별 인사를 합니다. 나는 언제, 어디서나, 지금처럼 이 마음을 이 존재한테 보낼 수 있습니다. 이제 세 번을 세면, 이 느낌을 그대로 간직한 채 눈을 뜨시면 됩니다. 세 번을 세겠습니다. 하나, 둘, 셋!

"여자 친구를 떠올렸어요. 사랑하는 마음을 보냈습니다."

눈을 뜨자마자 카이가 말했다. 그 친구한테 사랑하는 마음을 보냈다고 했다. 친구한테 학교 과제가 많아서 힘들다고 해서 많이 힘들겠구나, 그래도 잘 해낼 수 있어, 라고 방금 말했다는 거였다. 최근에 실제로 만나서도 그랬다고 했다.

"여자 친구가 편안해졌으면 좋겠어요."

카이가 여자 친구를 위하는 마음이 곧 자신을 위하는 마음이기도 했다. 자신도 여자 친구도 함께 편안해지기를 원하고 있었다.

내가 불러주는 글을 공책에 적게 했다. 카이는 그대로 적었다. 이 말을 적는 것, 하는 것, 모두 이상하기도 할 것이다. 어려운 게 아니라, 말 그대로 '이상한 것'이다. 안 해봤기에 어색해서 그럴 수도 있고 믿어지지 않아서 그럴 수도 있다. 한번 행하기가 이상해서 그렇지 해보면 이상하지 않다. 오히려 절실하다. 꼭 해야만 한다. 누군가 이 말을 해줄 수도 있지만, 아무도 안 해줄 수도 있다. 해주다가도 안 해줄 수도 있고 해주기만을 기다리고 있다가는 평생 못 해줄 수도 있다. 그렇지만 내가 나한테는 언제나 해줄 수 있다. 바깥에서 해답을 찾지 않고 안 해서 찾으면 바로 찾고 누릴 수 있다. 제대로 누리면 베풀 수도 있다.

나는 나를 사랑한다.

카이는 고개를 갸웃거렸다. 카이가 거부하지 않을 거라고 믿었다. 하지만 카이는 공책에 쓴 글귀만 바라볼 뿐 아무 말도 하지 않았다. 나는 이 말을 세 번 소리 내어 읽어보자고 했다. 카이가 말했다. 자신한테, 세상한테, 우주만물한테 선언했다.

나는 나를 사랑한다.

나는 나를 사랑한다.

나는 나를 사랑한다.

마침내 카이가 환하게 웃었다. 웃으며 고개를 끄덕였다. 이 말을 받아들이기 위해 여러 일들이 있었다. 험한 고개를 넘어오느라 마음이 찢어지고 피를 흘리기도 했다. 하마터면 낭떠러지에서 추락해서 삶의 길을 부러뜨릴 뻔도 했다. 보이지 않는 곳에서 너무나 뚜렷이 느껴지는 신이 카이의 웃음에 덩달아 환히 웃고 있었다.

다음 만남까지 해올 과제를 제시했다.

첫째, 아침에 눈뜰 때 '마음의 빛' 메시지를 듣고 적어오기.

둘째, 맘부 에너지 말 하루 세 번씩 하기(자유로운 시간에).

셋째, 자기 직전 '감사합니다'라고 하기(스스로에게, 우주의 에너지에게: 나를 가장 좋은 쪽으로 이끌어주는 존재).
넷째, 운동(30분 이상), 책 읽기(1시간 이상) 5번 이상하기.
다섯째, 내가 나한테 하는 칭찬을 날마다 하루 한 번씩 해오기.
여섯째, 공감과 경청의 느낌으로 내 이름을 세 번 부르고 떠오르는 생각과 느낌을 한 줄 이상 적어오기.

이번 만남의 소감에 대해 카이는 이렇게 말했다.

"그동안 나 자신한테 관대하지 못했구나, 그런 생각이 들면서 쉽게 바뀌지 않는 것 같았어요. 지금도 갈팡질팡하고 있는 것 같아요. 좋은 쪽으로 하면 이렇게 해도 되나? 나쁜 쪽은 하면 안 되는데…… 그런 생각이 들어요. 이렇게 하면 너무 순진해지지 않을까 걱정이 됩니다. 순진하다는 것은 다 믿는 것을 뜻하는데요. 모든 걸 쉽게 믿는 것요. 세상이 호락호락하지 않다 보니까 순진하면 안 될 것 같기도 하고 어떻게 보면 슬픈 현실이죠. 공감하고 경청하는 게 맞는 것 같기도 하면서 의문이 들어요. 하지만 계속 베풀면서 자신을 가꾸는 것이 필요하겠군요."

다 믿을 수도 없고, 순진할 수도 없다. 아무리 다 믿고 순진해보자고 해도 이미 세상살이를 20년간 해온 이력으로 볼 때 세상이 만만치 않은 것을 알고 있을 것이다. 부드럽고 좋은 마음, 공감과 경청의 마음을 내는 것은 순진한 게 아니라 맞는 것이고 아름다운 것이다. 거친 세상을 거칠게 산다고 현명한 게 아니다. 미친 세상과 같이 미친다고 올바른 것도 아니다. 거칠고 미칠수록 중심을 잡고 슬기롭고 선하게 살아야 한다. 악한 것은 당장 승리하는 것 같지만, 결국에는 악한 것이 드러나게 되고 이 땅에서가 아니라면 이 땅을 벗어나서 여지없이 정체가 드러나기 마련이다. 선한 것은 당장 어리숙하게 보이고 지는 것 같지만, 역시 나중에는 너무나 또렷하게 드러날 수밖에 없다. 선한 것은 훌륭한 것이다. 그것은 순진한 것이 아니라 현명한 것이다. 그런데도 보통 사람들은 그것을 걱정한다.

세상이 악하니 좀 영악하게 살아야 해! 착하게만 살다가는 잘 살아가지 못해. 착해빠져서 어쩌려고 그래! 그런 말을 하며 아이들을 다그치기도 한다. 잇속을 챙기며 살아라고 옆구리를 찌른다. 자아에 치중하는 습성을 지닌 인간은 누구나 이기적인 마음을 지니고 있다. 그 마음 대신 큰마음, 자기한테로 가는 마음, 혹은 신이 주는 사랑의 마음을 갖기 위해서는 그렇게 마음을 내야 한다. 그것은 억지로 내는 마음이 아니라 마음의 빛 안에 초점을 모으면, 자연스럽게 우러나게 된다. 빛은 저절로 퍼지는 속성을 지니고 있기 때문이다.

열 번째 만남

왠지 그러면 안 될 것 같은

카이는 환한 얼굴로 들어왔다. 모자를 쓰지도 않은 채 파랑색 티와 청바지 차림이었다. 모자를 쓰지 않은 이유를 묻지 카이가 웃으며 답했다.

"모자를 쓰니까요. 머리카락이 자꾸 빠지는 것 같아요. 벗으니까 시원하고 좋아요."

얼굴을 드러내니까 시원하고 훤하다고 말해주며 같이 웃었다.

카이 나이 때의 내가 그랬다. 머리로 얼굴의 절반 이상을 가리고 다녔다. 치렁치렁한 머리에 잘 드러나지 않은 얼굴로 고개를 숙이고 있었다. 앉아있을 때나 걸을 때나 모두 고개를 숙인 채였다. 옷 소매가 늘어지게 해서 손등도 가렸다. 그렇게 꽁꽁 가리면, 나라는 존재를 이 세상에서 지울 수 있을 거라고 여겼던 거였을까?

심각한 우울증의 늪에서 헤어 나오자 그런 '가림막' 증상이 사라졌다. 못생기면 어때? 그냥 드러내자! 라는 당당한 마음이 생겼다.

이마를 드러냈고 고개를 숙이지도 않았다. 자주 하늘을 바라보게 되었고 말소리도 분명하고 또렷해졌다. 성격이, 아니 인격이 변화하고 있었다. 나는 이것을 신이 주신 기회로 일어난 '의식 혁명'이라고 여기고 있다. 카이한테도 이런 변화가 온 것이 분명했다.

"일주일 동안 많은 생각을 했어요. 나 자신을 돌아보거나 책을 읽으면서도 생각했어요. 저번에는 머리가 복잡했지만, 이제는 그런 게 아니었어요. 뭔가 좀 달랐어요. 그리고 친구하고 절에 다녀왔어요. 평화로웠어요. 알바는 생각해봤는데 사장과 직원 형이 싫어서 다니기 싫었던 것인가 봐요. 그래서 일이 더 힘들게 느껴졌나 봐요. 그렇지만 어디를 가도 힘들겠다고 생각했어요. 그래도 일주일에 이틀만 가니까요. 세상에서 딱 마음에 드는 사람은 10퍼센트 미만이라고 그렇게 생각해요. 어떻게 마음에 드는 사람만 만나겠어요? 9월 29일에는 과제를 못 했어요. 오랜만에 아빠와 술을 마셨거든요. 소주 세 병을 같이 나눠 마셨어요."

'어떻게 마음에 드는 사람만 만나겠어요?'라는 말이 마음에 와닿았다. 맞다. 아무리 친하게 지내는 사람이라고 해도 전부 마음에 드는 것은 아니다. 가족도 마찬가지다. 아니, 오히려 가족은 마음에 들지 않는 것이 속속들이 너무 자세하게 보여서 문제다. 같이 사는 가운데 드러나는 온갖 것들이 그대로 보이니 마음에 들지 않는 것이 너무나 많아서 골치 아프다. 그렇지만 그냥 어울려서 적당히 눈을 감아주면서 살아갈 수밖에 없지 않은가. 마음대로 해주지 않는다고 투정을 부리거나 원망을 하는 것만큼 어리석은 것도 없다. 마음에 들지 않는 현상을 당연하게 받아들인다면 화가 날 일도 없다. 그렇다고 꼭 해야 할 말과 소통을 하지 말고 넘어가라는 말이 아니다. 내 마음에는 들지 않지만, 상대방은 그것을 마음에 들어 할 수도 있다. 반대로 내 마음에는 들지만, 상대방은 마음에 들지 않을 수도 있다. 같을 수도 있지만, 다를 수도 있다. "그럴 수도 있지"라는 말에 진심을 실으면 마음이 너그러워진다.

간혹 이럴 경우도 있다. 내 마음에 너무나 잘 맞는 마음에 드는 사람이 있다. 그렇게 생각하고 지내왔는데 어느 날 내가 속고 있었다는 것을 알게 된다. 내 마음에 들었던 적도, 내가 허깨비를 봤던 것이 아닌가 스스로 후회할 만큼 마음에 들지 않는 모습이 포착된 것이다. 그렇더라도 만나야 하고 소통해야 한다면 답은 하나다. 내 마음을 넓게 여는 수밖에 없다. 속았다고 생각하면서 분노하지 말고 이렇게 속삭여보는 것이다.

"그럴 수도 있지."

그렇게 하다 보면, 부드럽고 너그러워지는 나를 만나게 된다. 누군가를 세차게 비난하려고 하다가도 지난날에 내가 행한 잘못을 돌아보면 얼굴이 홧홧해진다. 아무리 고결하다고 큰소리 쳐봐도 인간이기에 여지없이 흠이 많을 수밖에 없다. 성경의 마태복음 7장에는 이런 말씀이 있다.

'비판을 받지 아니하려거든 비판하지 말라. 너희가 비판하는 그 비판으로 너희가 비판을 받을 것이요 너희가 헤아리는 그 헤아림으로 너희가 헤아림을 받을 것이니라. 어찌하여 형제의 눈 속에 있는 티는 보고 네 눈 속에 있는 들보는 깨닫지 못하느냐. 보라 네 눈 속에 들보가 있는데 어찌하여 형제에게 말하기를 나로 네 눈 속에 있는 티를 빼게 하라 하겠느냐. 외식하는 자여 먼저 네 눈 속에서 들보를 빼어라 그 후에야 밝히 보고 형제의 눈 속에서 티를 빼리라.'

이 말씀은 참으로 놀랍다. 누군가를 비판하고 고발하며 상대의 잘못에 핏대를 세운 이들이 나중에 되레 자신이 그런 처지에 놓이게 되는 것을 종종 보게 된다. 누군가를 욕하려다 말고 이 말에 내 입을 틀어막는다. 내 눈 속에 있는 들보, 대들보나 통나무나 널빤지가 있는 것을 본다. 타인의 것은 겨우 티끌에 불과하다. 타인을 비난하기 전에 먼저 나를 돌아보게 된다. 한 번씩 그러지 않은 마음이 발동하게 될 때, 나는 여지없이 불편해져서 아픈 나를 바라본다. 축축하고 눅눅해진 마음을 햇볕에 잘 말리면, 입술을 뛰쳐나오던 말들이 얌전해진다.

카이가 이 성경 구절을 알지 못하더라도 성경 구절을 적용하려고 마음을 내고 있었다. 나는 박수를 보내주었다.

이어 해온 과제들을 보여주었다.

* 마음의 빛 메시지:

9월 24일 : "긍정적으로 생각해."

9월 25일: "자책 안 해도 돼."

9월 26일: "자신을 가져."

9월 27일: "신경 쓰지 마."

9월 28일: "긍정적으로 생각하자."

9월 29일: "부지런해지자."

9월 30일: "잘하고 있어."

* 나를 칭찬하기:

9월 23일: "과제 안 했다고 솔직하게 말해서 잘했어."

9월 24일: "하기 싫은데도 운동을 조금이라도 해서 잘했어."

9월 26일: "알바를 잘하고 와서 잘했어."

9월 27일: "알바를 무사히 마쳤구나. 잘했어."

9월 29일: "부지런하게 움직였구나. 잘했어."

* 내 이름 부르며 생각해오기:

내 이름을 부르는 게 낯설었다. 그리고 예전에 비해 생각이 없어진 것인지 단순해진 것인지 모르겠지만, 어쨌든, 생각이 단순해진 기분이 든다.

"맘부 에너지 말은요. 하루에 세 번씩 계속했습니다. 자기 직전에 '감사합니다'도 했어요. 운동도 꾸준히 했어요. 생각이 많이 단순해졌어요. 전에 하던 대로 생각에 깊이 빠져 고민하는 것이 멈추었어요. 복잡하게 생각하지 않아요."

맘부 에너지 말은 '괜찮아, 잘했어, 잘 될 거야'이다. 이 말을 하루에 세 번씩 하는 과제를 계속하는 것은 놀라운 에너지를 주게 된다. 칭찬과 격려를 내면에서 샘솟게 하는 것이다. 누군가에게 들을 때 기분이 좋을 수는 있겠지만, 그것은 일시적이다. 스스로 우러나오는 에너지가 마음에 오래도록 스며들게 된다.

에너지를 내는 말들이 그러하듯 처음에는 어색하기 이를 데 없다. 오글거린다는 표현이 맞을 정도로 익숙하지 않을뿐더러 꺼려지는 느낌까지 든다. 그런데 자꾸 하다 보면, 구겨진 마음이 펴지는 것을 느끼게 된다. 내가 나한테 하는 칭찬은 마음 건강의 특효약이다.

'마음의 빛' 메시지를 성실하게 잘 해 온 것을 칭찬했다. 저번 만남 때 한대로 이제는 부정으로 끝나는 말보다 긍정으로 하는 메시지를 잘 적어왔다. '마음의 빛' 메시지는 마음의 뿌리, 중심에 '빛'이 존재하고 있으며 그 빛은 우주의 에너지, 신과 연결되어 있다는 것을 깨닫는 것으로 인해 들을 수 있다. '마음의 빛'의 메시지를 들려주는 존재는 우주의 에너지 또는 신이다. 신이 인자하고 사랑이 가득한 마음을 보내어 내게 알려주는 메시지인데, 한마디로 하자면 '빛의 메시지'이다. 그래서 충고나 격려, 사랑이 전해질 수 있다. '나만의 새' 메시지는 충고나 비난, 비판은 하지 않는다. 천사의 속성을 지니고 있어서 다만 다독여주면서 위로와 격려를 해준다. '나만의 새'는 '마음의 빛' 안에서 살고 있기 때문에 에너지가 줄어들거나 변하지 않는다. 늘 그 모습 그대로인 나를 온전히 품어주고 있다.

자기 직전에 '감사합니다'라고 하는 것도 같은 맥락이다. 하루를 선물로 주신 신께 감사하는 것이다. 그럴 때 섭리에 순응하고 일어난 것에 수용하는 마음, 온유하고 겸손한 마음이 자라난다. 신을 믿든 믿지 않든 '감사' 속에는 신이 존재하고 있다.

내가 나한테 하는 칭찬도 카이는 잘 해왔다. 이 칭찬도 처음 할 때는 어색하지만, 자꾸 하다 보면 가슴이 펴지고 뿌듯한 느낌이 든다. 환한 햇볕을 받기 때문이다. 그 환하고 아름다운 햇볕 아래에서 영혼은 기지개를 켜게 된다.

공감과 경청의 느낌으로 내 이름을 세 번 불러보고 떠오르는 것을 적는 과제를 카이는 하기는 했지만, 뭔가 더 할 수 있을 거라고 여겨졌다. 자신의 이름을 부르는 것이 낯설고, 또 애매모호한 태도로 단순해졌다고 마치고 있다. 아마도 '공감과 경청'을 빼놓고 그냥 부르지 않았을까 하는 생각이 들었다.

나는 카이한테 과제를 잘 해왔지만, 한 번 더 눈을 감고 내 이름을 지금, 이 순간에 불러보자고 했다.

"갈팡질팡하는 내가 떠올랐어요. 자기 자신을 가꾸고 자기 주관에 맞게 사는 것이 좋은 것 같은데, 이렇게 해야겠다고 하다가도 다른 생각이 들어요. 그동안 친구들한테 다른 사람들한테 맞춰주고 지냈거든요. 내 주관대로 하면 이들과 멀어지는 것은 아닐까? 그런 생각이 들었어요. 초등학교 때부터 만나온 친구가 있어요. 살짝 게임을 하는데…… 게임을 하면 시간 낭비 같은데, 같이 해야 하나? 이런 것도 있고요. 세상을 부정적으로 보는 것이 서로 비슷하거든요. 그런데 제가 긍정으로 변하면 공감대가 떨어지지 않을까? 이런 생각도 들어요. 그 친구와 만나면 아무 말 하지 않고 계속 게임만 하거든요. 지금, 그 친구는 군대에 가 있어요. 지금 당장은 만나지 않지만요. 예를 들자면 그런 거예요. 다른 사람과 얘기하다 보면 그 사람과 같이 생각해야 하는데, 내 주관과 생각에 갇혀도 되나? 이런 생각요."

이것은 분명 긍정적 변화에 대한 두려움이었다. 치유가 되는 과정에 이런 두려움이 있기 마련이다. 이제까지 헤매고 허우적거려 왔던 것은 부정 안에서였는데 그 익숙한 곳에서 빠져나온다고? 왠지 그러면 안 될 것 같은 느낌이 들기도 한다. 언뜻 보면 이해가 안 될 것 같지만 그렇다. 지긋지긋한 불안과 초조와 근심에서 당장이라도 빠져나오면 좋은 것이 아닐까 생각하지만 그렇지 않다. 모든 변화에는 스트레스와 두려움이 존재한다. 그것을 있는 그대로 바라보면서 그래도 변화 쪽으로 방향을 돌릴 때 그때서야 비로소 저항이 사라진다. 지금 카이는 자신의 변화에 익숙했던 부정들이 달라붙어서 겁을 주고 있다. 인제 와서 네가 우리를 배신해? 너, 그럴 거야? 그냥 하던 대로 살아. 익숙하고 좋았잖아. 너도 우리가 달라붙는 걸 그냥 바라보고 있었잖아. 뭘 바꾸려고 해. 익숙했던 대로 사는 게 맞아.

그렇지만 자신을 사로잡던 이 부정성들은 감사와 마음의 빛과 맘부 에너지 말과 칭찬과 정면 대결하고 말았다. 부정성들은 너무나 어이없게 도망쳤다. 빛이 들어오는 순간 한순간에 사라지는 어둠처럼. 그런데도 웬일인지 이제 카이는 어둠 저편으로 사라진 존재들한테 미안한 기색이었다.

"이런 고민에 대한 충분한 답은 카이가 이미 알고 있어요."

나는 이렇게 운을 뗐다.

"지금 고등학교 1학년인 동생이 똑같은 고민을 하며 형한테 어떻게 해야 할지 물어온다면 뭐라고 해줄 건가요?"

망설이지 않고 카이가 답했다.

"그야, 긍정으로 가도록 답하겠지요."

나는 그것 보라며 이미 답을 알고 있다고 하며 웃었다. 답은 명료하고 빛은 환하다. 카이는 고개를 끄덕이면서 같이 웃었다.

공책에 자신의 이름을 적어보자고 했다. 어떤 느낌이 드는지 말해보자고 하니 부끄럽고 낯설게 느껴진다고 했다. 단순히 이름이 아니라 삶이 녹아있는 귀한 자신, 다이아몬드하고 비할 바가 없을 정도로 소중하고 고귀한 자신을 떠올려보자고 했다. 카이 자신의 삶에 공감하고 경청해보자고 했다. 그리고 느낌이 가는 대로 색연필을 선택해서 이름을 둘러싸게 하자고 했다. 카이는 세차게 뛰는 심장을 뜻하는 빨강 색연필로 이름에 동그라미를 쳤다.

이번 시간에는 이중섭의 '흰소'를 통해 심상 시치료를 진행할 것이다. 먼저 그림을 보여주었다.

그림의 느낌을 자유롭게 말해보자고 했다. 카이는 가난하고 굶주리게 보인다고 했다. 어디를 향해 가고 있는지 물어보았다.

"목적지요. 꿈을 향해서 가고 있어요. 바라는 걸 이루고자 하는 것인데…… 행복, 여유, 생각의 깊이, 이런 것요."

흰소는 본연의 모습으로 힘차고 세찬 걸음을 내딛고 있다. 누가 뭐라고 해도 앞으로 당당하게 나가고 있다. 나를 막을 자가 있을까? 없다. 아무리 나를 막아보려고 해봐라. 소용이 없다. 나는 앞으로 나가야 하고 그럴 것이다.

흰소는 날뛰지 않으면서도 강인하게 신중하고도 신념에 차서 걸음을 옮기고 있었다. 흰소처럼 당당하게 앞으로 나간 적이 있었는지 물어보았다. 카이는 없었다고 했다. 지금, 현재, 이 순간은 어떤지 말해보자고 했다.

"치료 프로그램을 하면서 그런 마음이 들어요. 그 당당함이 이제는 받아들여집니다."

카이는 흰소가 된 것이다. 나는 박수를 보냈다.

흰소의 이 당당한 느낌을 이제 마음으로 가져올 것이다. 그림 밖에서 다만 감상하는 정도가 아니라 그림 안에서 흰소와 마음을 합쳐서 걸어 다닐 것이다. 흰소의 에너지를 카이가 오롯이 느끼면서 그림의 아우라를 한껏 받을 것이다. 게다가 흰소는 성스럽고 거룩하며 굳세고 우직한 이미지를 가지고 있다.

눈을 감고 복식호흡을 열 번 정도 하자고 했다. 온몸을 이완시킨 뒤 다음의 멘트를 들려주었다.

나는 지금 편안한 몸과 마음을 가지고 있습니다. 잠시 후

세 번을 세면, <흰소> 그림 안으로 들어가서 흰소와 마음을 합칠 것입니다. 세 번을 세겠습니다. 하나, 둘, 셋! 그림 안에 들어와서 나는 흰소가 되었습니다. 나는 정의를 가진 마음으로 앞으로 나아갑니다. 한 걸음씩 천천히 멈추지 않고 나는 걸음을 옮깁니다. 무엇을 향해 걸어가고 있는지를 봅니다. 나는 지금, 어떤 것을 향해 가고 있나요? …… 이제 지금, 현재의 느낌을 그대로 간직한 채 세 번을 세면 현재로 돌아오면 됩니다. 하나, 둘, 셋!

카이는 눈을 뜨면서 놀란 표정을 지었다. 흰소가 되다니! 생전 처음 겪는 놀라운 경험일 게 분명했다. 흰소가 되어 걸어갈 때의 느낌을 말해보자고 했다.

"살짝 슬픈 것 같기도 하고…… 걸을 때 뼈밖에 없어서요. 그렇지만 당당했어요. 많이! 빛으로 가니까요. 빛으로 걸어가고 있었어요!"

이제는 내 눈이 커졌다. 놀라웠다. '빛'으로 걸어가다니! 마음의 빛으로 걸어가고 있는 당당한 흰소, 아니 카이! 대단한 카이!

"대단해요. 빛으로 향하기는 쉽지 않은데 제가 당당하게 향해 가고 있으니까요!"

카이는 마음 깊숙이에서 뻗어 나오는 감정을 느끼는지 손을 가슴에 댔다. 나도 덩달아 가슴 깊이 벅차오르는 감정이 느껴졌다. 그동안 카이의 공책에 썼던 글 중에서 색연필로 동그라미를 친 글들을 소리 내어 읽어보도록 했다. 그것은 카이의 영혼을 온전히 알아차리고 적은 글들이었다. 나부끼는 바람 같은 마음을 내리고 진정한 마음에 초점을 맞춰 적은 글들이었다. 또박또박 읽어 내려가는 카이. 그렇게 읽고 난 다음 어떤 느낌이 드는지 물어보았다.

"아! 제가 되게 긍정적인 생각을 많이 했군요!"

그랬다. 카이는 이 시간에 긍정 폭포수를 만나고 있었다. 그 사실을 이렇게 알아차리게 되었다. 이제, 가족에 대해서 어떻게 생각하고 있을까? 이쯤에서 한마디로 정리할 수 있을 것이다. 에너지가 긍정으로 변화하면, 나 자신에 관한 생각이 긍정으로 바뀌듯 가장 가까운 이들에 관한 생각도 그렇게 변화하게 된다. 그 반대도 마찬가지다. 나 자신의 에너지가 부정적이라서 병리적인 상태가 되면, 나 자신에 대해서 당연히 부정이 휘감게 되고, 가장 가까운 이들을 원망하고 혹독하게 비판하게 된다. 혹은 제풀에 질려서 아예 생각하지 않으려고 하는 회기를 하게 되거나 심할 경우에는 가까운 이가 애초에 존재하지 않는다고 여기기도 한다. 이제 카이는 아버지를 어떻게 생각하고 있을까? 나는 지금, 현재, 이 순간에서 아버지에 대해 드는 생각을 말해보자고 했다.

"여러 감정이 들지만, 긍정 감정이 더 큽니다. 프로그램 전에는 긍정, 부정 나누는 것이라기보다는 살짝 평가하는 것이 있었거든요. 동생한테 대한 생각도요. 동생이 하는 행동을 보면서 아닌 것 같다며 동생도 늘 평가하면서 바라봤어요. 동생과 아빠는 사이가 좋은데 나는 그러지 못한 느낌도 들었고요. 그런데 지금 마음은 다릅니다. 원래 가지고 있었던 것인데 그동안 가려져 있지 않았나 그런 생각이 듭니다. 이제는 아빠랑 동생이랑 나, 가족 모두 사이가 좋았으면 합니다."

카이가 변했다. 나는 속으로 쾌재를 불렀다. 너무나 감사했다. 카이한테 박수를 보내는 것으로 내 마음을 표현했다.

다음 주까지 해올 과제를 제시하였다.

첫째, 아침에 눈 뜨자마자 '마음의 빛' 메시지를 듣고 적어오기.

둘째, 맘부 에너지 말 하루 세 번씩 하기(자유로운 시간에).

셋째, 자기 직전 '감사합니다'라고 하기(스스로에게, 우주의 에너지에게: 나를 가장 좋은 쪽으로 이끌어주는 존재한테).

넷째, 운동(30분 이상), 책 읽기(1시간 이상) 5번 이상하기.

다섯째, 내가 하는 내 칭찬(하루 한 번씩 날마다): 나만의 새

'해피'가 해주기

여섯째, '사랑, 감사'를 담아서 아버지한테, 동생한테 보내는 편지를 편지지와 봉투를 준비해서 써오기.

치료실 문을 나서면서 카이가 말했다.

"제가 살아오면서 집중력이 많이 떨어졌는데 이제 그게 아니라는 생각이 들었어요. 상담하면서 내가 이토록 긍정적인 생각을 많이 하고 있구나, 대견하구나, 하는 것을 새롭게 느꼈습니다."

열한 번째 만남

내 마음의 다이아몬드

프로그램은 마지막 회기를 앞두고 있다. 대개 내담자들은 이쯤 되면, '시원섭섭'이라는 양가감정을 가질 수 있다. 이곳에서만은 실컷 토해내고 감정을 마음껏 터뜨려왔는데, 이제 그럴 기회가 없다는 아쉬움이 있다. 반면에 일반적으로 진행하는 횟수로 말하자면 일주일에 한 번, 총 석 달을 성실하게 해냈다는 기쁨도 있다. 마치 졸업하듯 감정이 교차하는 것이다. 성장을 해서 졸업은 하지만, 정들었던 순간들과 작별해야 하는 그런 아쉬움이 든다. 내담자들처럼 나도 그렇다. 회기의 마지막까지 태연하면서도 꿋꿋하게 진행하지만, 섭섭하다. 그야말로 너무나 섭섭해서 소매를 잡고 헤어진다는 '메별袂別'이다. 그렇지만 나는 내담자의 등등 톡톡 두드려주며 잘할 수 있다고 씩씩하게 말하거나 안아준다. 카이도 이제 다음 회기에는 그렇게 해야 할 시간이 되었다.

카이는 지난 일주일 동안 쓸쓸했다고 말을 꺼냈다. 책을 읽고 친구를 만나서 술을 한 번 마셨다고 했다. 오랜만에 만난 친구였다. 다른 날은 여자 친구와 데이트를 했다. 그게 쓸쓸한 게 아니라 집에서 혼자 있는 것이 쓸쓸했다는 것이다. 가족들과 특별히 갈등이 있는 것은 아니었다. 엄마한테 전화를 드려야겠다고 생각한다며 이번 주 내로 전화하겠다고 했다. 카이가 엄마한테 연락하겠다는 말을 꺼낸 것은 처음이었다. 이유를 물어보자 문득 그러고 싶어서라고 했다. 사실 엄마한테 전화하는 것은 자연스러운 일이다. 이유가 필요 없다. 나는 카이한테 그런 결심이 참 멋지다고 했다. 카이는 이제 칭찬에 익숙한지 환하게 웃었다.

과제 중에서 내가 하는 내 칭찬을 그냥 내가 하는 게 아니라 나만의 새인 '해피'가 하도록 했다. 과제를 내줄 때가 아니어도 해피를 만날 수 있다면 좋겠지만 아직 그렇게 익숙한 것 같지 않았다. 얼마 남지 않은 시간 동안 '해피'를 편하게 불러내고 만날 수 있기를 바라는 마음에서 낸 과제였다. 내가 나한테 그냥 칭찬하는 것보다 '해피'를 불러서 칭찬하면 칭찬에 대한 에너지와 '해피'새의 격려 에너지가 함께 할 수 있을 것이다.

또 하나, '사랑'과 '감사'를 담아서 아버지와 동생한테 편지를 써 오는 것은 내가 가진 긍정 에너지를 나누는 것에 있다. 마음의 법칙은 물질의 법칙과 반대다. 물질은 갖고 있다가 나누면 나눈 만큼 없어진다. 만 원을 가지고 있는데 두 사람한테 천 원씩 주면, 내가 가진 돈은 팔천 원이다. 마음은 그렇지 않다. 사랑과 감사를 나누면 나눈 것보다 훨씬 더 많이 사랑과 감사가 생긴다. 미움과 원망도 마찬가지다. 화풀이도 그렇다. 사실, '화풀이'라는 말은 모순된 말이다. 화는 내면 낼수록 커질 수밖에 없다. 마음의 법칙 때문이다. 화는 풀어지는 것이 아니라 눈덩이처럼 불어난다. 미움과 원망도 나눌수록 불어나기 마련이다. 이제 카이는 사랑과 감사를 나눌 만큼 내면의 에너지가 존재하고 있다. 그만한 에너지가 없다면 이 과제는 해올 수가 없다. 프로그램 초기만 해도 가족에 관한 관심이 없다며 회피하기 일쑤였다. 엄마는 아예 포기했다고 표현했다. 그런데 카이는 스스로 엄마한테 전화할 마음마저 내고 있다. '마음의 빛'을 만나지 않았다면 그럴 수도 없을 것이다.

한 집에 살고 있는 아버지와 동생한테 긍정의 마음을 전하는 것은 아름다운 추억이 될 것이다. 물론 과제라서 하는 것이지만, 마음을 내고 나누는 것은 카이가 직접 하는 것이므로. 과연 카이는 과제들을 잘 해왔을까?

"자기 직전에 하루 동안 있었던 일을 떠올려요. 특히 잘한 일들요. 나한테 감사한 걸 느껴요. 자기 직전에 '마음의 빛'을 떠올리며 그 빛에게 말해요. 생각하면서 감사의 기운을 보냈어요. 10월 2일에는 중학교 때 친구를 만나는 날이었는데 또 다른 모르는 애가 두 명 있었어요. 저는 낯을 많이 가리는데 그래도 어울리려고 노력했어요. 제가 원래 중간에 나오는 걸 못 하는데 누군가 도중에 가기에 나도 조금 있다가 인사하고 나왔어요. 그래서 스스로 용기가 있다고 표현했어요. 그리고 아빠한테 편지를 쓸 때는 뭘 써야 할지 생각이 안 나긴 했어요. 낯 간지럽고요. 훈련소에서도 써보라고 해서 썼는데 감사하다는 말은 안 하고 어떻게 지내고 있다고 걱정하지 말라고만 썼어요. 지금은 낯 간지러워요. 이걸 주고 어떻게 볼까? 물론 걱정도 긍정입니다만, 동생한테 쓴 편지도 낯간지러워요. 주고 나면 어쩌지? 원래 서로 욕하고 장난치거든요. 요즘은 동생을 잘 안 때렸어요. 잘해주려고 노력하고 있어요. 군대 가기 전, 제가 고등학교 3학년 때부터는 잘 안 때렸거든요. 계기가 있다기보다는 이렇게 때리면 안 되겠다고 생각해서요."

* 마음의 빛 메시지

10월 1일 : "편하게 있어. 오늘은 명절이잖아."

10월 2일: "자신을 가져."

10월 3일: "여유를 가져."

10월 4일: "여유를 가져."

10월 6일: "천천히 생각해."

10월 7일: "여유를 가져."

* 해피가 해주는 칭찬하기

9월 30일: "늦은 시간에도 해야 하는 일을 했구나. 잘했어."

10월 1일: "잘했어."

10월 2일: "용기를 내서 잘했어."

10월 3일: "알바를 잘 다녀왔구나. 잘했어."

10월 4일: "알바를 잘 다녀왔구나. 잘했어."

10월 5일: "해야 할 일을 잘 해냈구나. 잘했어."

10월 6일: "너는 대단한 아이야!"

* 아빠한테: 아빠께. 아빠 안녕하신가? 편지를 쓰는 것은 훈련소 이후로 두 번째인 것 같네. 상담받다 어쩌다 보니 편지를 쓰게 되었어. 음…… 사건이 생겨도 멘탈이 나가기도 하고 힘든 상황이었겠지만 나름대로 해결해 나가고 대단하신 것 같아. 그리고 계속 나와 동생도 신경도 쓰면서 노력해줘서 고마워요. 조금은 서툴기도 하고 잘못된 표현으로 하지만, 신경이 쓰이기에 아빠만의 방식으로 표현하는 것이겠지, 개선해야 하는 부분도 있지만 노력해줘서 감사합니다. 앞으로는 아빠 자신의 삶도 생각해봤으면 좋겠어. 술도 줄이고 담배는 끊고 아빠 자신을 위한 취미 같은 것도 만들어도 괜찮을 것 같아. 그럼 오늘 하루도 고생 많았습니다.

* 동생한테: 동생에게. 안녕. 편지는 처음이네. 어쩌다 보니 이런 편지를 쓰게 되네. 네가 이 편지를 받으면 낯간지러워하고 아무 생각 없이 보겠지. 나나 아빠나 어떻게 보면 뭐라 한 것도 많을 텐데도 네가 잘 따라온 것 같아서 참 고마워. 항상 뭐라고 해도 따라주기도 하고 엇나갈 수도 있지만, 너만의 노력으로 잘 해내고 있는 것 같아서 기특해. 아빠도 늘 뭐라 하고 짜증도 내고 언성을 높여도 한편으로 널 생각을 많이 해서 그런 걸 거야. 다 이해하라는 건 아냐. 다르다는 것을 알고 서로 맞춰나가면 좋을 것 같아. 물론 서로 노력해야 하는 거고 늘 뭐라고 하고 시켜도 아무 말 없이 해줘서 고맙고. 너 나름대로 할 일을 하고 해야 할 일을 해나가서 고마워. 앞으로도 너 자신을 위해 성장하면서 할 일을 잘하며 발전해 나가면서 성공하길 바라. 가장 중요한 건 네 행복이야. 그럼 오늘 하루도 고생 많았다.

카이가 마음을 내어 최선을 다해 쓴 글이라는 느낌이 들었다. 지금까지 해왔던 것들이 대개 처음 해보는 것들이라 어색하기 짝이 없을 텐데, 이 편지를 그중에서 최고 수위였을 것이다. 스스로만 간직하는 어색한 방식이 아니라 나눠야 하기 때문에! 나는 아주 잘

썼다고, 수고 많았다며 큰 박수를 보내주었다. 감동이라는 말도 덧붙였다. 편지 제일 아래에 포인트 그림을 그려보자고 하니, 아빠 편지 아래에는 빨강 꽃, 동생 편지 아래에는 고양이 얼굴을 즉석에서 그렸다. 그렇게 그린 이유를 물어보았다.

"아빠한테는 열정적인 에너지를 주고 싶어요. 씩씩한 에너지요. 동생은 귀여워요. 그런 말을 한 번도 해보지는 않았지만요. 고양이는 귀엽잖아요."

카이가 쑥스러운 듯 웃으면서 말했다.

그리고 맘부 에너지 말, '괜찮아, 잘했어, 잘 될 거야'를 하루 세 번씩 했고, 자기 직전에 '감사합니다'라고도 날마다 빠짐없이 했다고 말했다. 운동도 책읽기도 계획대로 계속하고 있다고 했다. 이대로만 하면 얼마나 좋을까. 때때로 들쑥날쑥하겠지만, 이번 일주일 동안 과제를 했던 성실한 삶을 카이는 기억할 것이다. 그런데도 카이는 '쓸쓸했다'라고 지난 한 주일을 회상했다. 아마도 프로그램의 마지막에 대한 느낌일 것이다. 그것은 감내해야 한다. 모든 만남은 처음이 있고 마지막이 있다. 그게 삶이다. 지금, 현재, 이 순간도 잡을 수 없이 지나가 버린다. 속절없이 모래알처럼 흘러가 버리는 시간들이다. 모든 순간들은 모두 과거로 순식간에 얼굴을 바꾼다. 삶의 마지막에는 무엇이 남아있을까? 모든 시간들은 마음속 영상으로 남아있을 뿐이다. 그 영상이 에너지를 가지고 있어 독특한 수준에 맞춰 사후생을 이어간다. 모든 것은 사라지지만, 동시에 전부 기록된다. 사라지는 것은 현상이지만, 기록은 초월적이다. 일거수일투족뿐만 아니다. 어떤 생각과 어떤 감정을 가지고 있는지 거대한 하늘의 문서 속에 기록된다. 매 순간 가진 생각과 감정, 느낌과 지각이 하늘의 자락과 잇닿아 있다면 축복이 임할 것이다. 그렇지 않을 때 쾌락과 도취가 있을 수는 있지만, 결국 암울 속으로 침잠할 것이다. 쓸쓸한 감정을 이해하면서도 카이의 등을 두드리면서 마지막을 향해 앞으로 나가야 했다.

이번 회기에 할 심상 시치료는 '복조리' 기법이다. 그저 복이 들어오기만을 기다린다는 의미가 아니라 쌀을 일듯이 복을 일궈서 복을 담아낸다는 의미가 있다고 설명했다. 그리고 카이한테 있는 복이 무엇인지 질문을 던졌다. 나는 분명 '있는 복'이라고 했다. 지금도 앞으로도 계속될 복이 무엇인지 물어본 것이다.

"행복요."

'행복'의 의미를 구체적으로 적어보자고 했다. 무턱대고 이렇게 말하면 어려울 수도 있을 것이다. 행복이 구체적으로 무엇일까? 어떤 것이 행복일까? 모든 이들이 각자가 다 다른 행복을 말할 것이다. 사전에 찾아보면 행복은 '생활에서 충분한 만족과 기쁨을 느껴 흐뭇한 상태'를 말한다. 바로 이 정의에서 등장하는 '충분한'의 기준과 성격, 취향과 목적이 저마다 달라서 '행복'에 대한 생각은 천차만별일 수밖에 없다. 내 경우에는 '행복'은 영적인 깨달음이다. 영적 성장이 일어나고 큰 깨달음으로 이어질 때 행복을 느낀다. 그 행복은 마음 깊은 곳에서 요동치는 기쁨으로 좀처럼 그 희열이 사라지지 않는다. 감히 비유하자면, 의욕감을 일으키는 신경전달 물질 도파민의 3천 배는 되지 않을까? 선연한 감동의 기억으로 자리하는 그 행복의 최고는 이랬다. 경계성 인격장애로 평생 나를 학대해왔던 어머니, 80살이 넘어 거동이 불편한 어머니를 나는 절대 모시려고 하지 않았다. 모실 수 없는 이유가 100가지도 넘었다. 합리적인 내 이성은 고개를 저으며 안 된다고 했다. 그렇게 말을 한 다음 순간, 내 가슴이 나도 모르게 열려서 내게 이렇게 속삭여댔다. 모시면 안 될까? 모시면 좋겠구나. 모시면 어때? 모실까? 모시자! 그래, 모시자!

이렇게 사고가 급박하게 변한 것은 불과 3분 정도만이다. 그 무자비한 어머니를 모시자고 결정하고 나니, 놀라운 일이 벌어지고 말았다. 가슴 깊은 곳에서 용솟음치며 올라오는 큰 기쁨의 물결이 나를 휘감았다. 얼마나 기쁜지 모를 정도였다. 행복했다. 어디서 이 행복이 오는지 영문을 모를 정도였다. 내 안에서 오는 듯했지만, 내 안만은 아니었다. 안과 밖이 연결되어 온몸과 마음이 하나의 통로처럼 뚫리는 것 같았다. 광활한 우주가 내 마음 안으로 고스란히 임하는 느낌이었다. 별나고 독특한 기쁨에 겨워 아무 말도 할 수 없었다. 기쁨에 겨워 웃음만 나왔다. 그 어머니와 수년째 살아오면서 별별 고통을 다 겪었다. 그렇지만 또 행복했다. 고통을 극복할수록 나는 강해졌지만, 마음은 연하고 부드러워졌다. 굳건하고 씩씩하게 문제를 해결해 나갔지만, 마음은 봄날의 새싹처럼 푸릇하고 여려졌다. 나는 그것이 행복이라고 여기고 있다. 카이는 무엇이라고 행복을 얘기할까? 카이가 적은 글은 이렇다.

> 마음과 물질의 여유.
>
> 편안.
>
> 하고 싶은 일: 여행, 뮤지컬 배우, 책 쓰는 일, 아주 맛있는 술 한잔.

아마도 카이의 나이 때 '행복'에 관해 묻는다면 나도 그럴 것이다. 편안한 것과 하고 싶은 일을 적었을 것이다. 죽음, 자살을 달고 살아왔던 카이가 '하고 싶은 일'을 말할 수 있다는 것은 기적이다. 카이는 기적을 체험하고 있다. 우울증이 한창 진행할 경우라면, '행복'이라는 말도 '하고 싶은 일'이라는 말도 증발될 뿐이다. 행복은 무슨 행복? 그런 것은 나와 상관없는 말이에요. 하고 싶은 일이라뇨? 그게 무슨 의미가 있죠? 이렇게 말할 수밖에 없다. 스스로 행복에 관해서 말할 수 있다는 것은 이미 행복하다는 증거다. 행복을 떠올리는 순간 행복을 느낄 수 있기 때문이다.

"뮤지컬 배우와 아주 맛있는 술은 예전부터 생각해본 거예요. 그동안 포기하고 있다가 다시 생각났어요."

나는 카이에게 '행복'을 뜻하는 아호를 정해보자고 했다. 그 말에 카이는 망설임 없이 이렇게 말했다.

"어제 웹툰을 봤는데요, 신화가 있는 웹툰이었어요. 태양의 신을 '라'라고 하더군요. 그렇다면 저는 '솔라'라고 부를게요. 태양빛을 뜻하는 '솔라'요."

나는 미리 준비해두었던 것을 꺼냈다. 휴대 가능한 크기의 작은 복조리에 원하는 색연필로 '솔라'라고 적어보라고 했다. 카이는 주황색 색연필로 '솔라'라고 적었다. 그리고 아래에 아호의 의미를 적었다. '변함없는 태양의 에너지'라고 쓴 것이다. 이렇게 적은 복조리를 손코팅해서 전해주었다.

"어리둥절해요. 정말 복이 들어올 것인지 의문이 들어요."

그럴 것이다. 나도 그랬으니까. 오랜 우울에 시달리면서 축복이나 행복이니 하는 말을 믿지 않았다. 그런 말을 들을 때마다 코웃음을 쳤다. 나와는 거리가 먼 단어라고 여겼다. 그러다가 어느 날, 놀랍게도 행복을 느끼게 되었다. 쓰레기 같은 내 마음에도 긍정의 씨앗이 뿌려졌다니 믿기지 않았다. 그런 긍정이 내 마음을 찾아왔을 때 나도 어리둥절하고 믿어지지 않았다. 시궁창을 떠도는 쥐 같은 내게도 축복이 있을 수 있다니! 있는 그대로 긍정하게 된 다음, 복들은 시시때때로 나를 찾아오게 되었다. 카이에게 공책을 펼쳐서 이렇게 적게 했다.

지금, 현재, 이 순간 복은 나와 함께한다.

카이가 적고 나서 글을 그대로 읽어보라고 했다. 카이가 소리 내 읽으면서 고개를 끄덕였다.

"네. 나와 함께 하고 있어요. 나는 복을 받았어요."

스스로 거는 주문 같지만, 그렇지만은 않다. 카이는 복을 선택한 것이다. 내가 깨달은 마음의 법칙은 '선택'이다. 모든 것은 선택이다. 내가 저주를 선택한다면, 고스란히 저주가 임하는 것이고, 복을 선택하면 복이 들어온다. 카이한테 복이 임한 것이다. 언뜻 생각해보면, 저주를 선택할 사람은 없어 보이지만 그렇지 않다. 스스로를 공격하고 자해하며 복과 동떨어진다고 여기는 이들이 많다. 그들은 스스로 저주라고 생각하지도 못한 상태에서 이미 저주를 선택했고 저주스럽게 살게 된다. 난 어차피 잘 안돼. 나는 되는 일이 없어. 내가 뭘 하겠어? 내가 그렇지 뭐. 나는 늘 이래왔으니 앞으로도 할 수 없을 거야. 그런 저주 말이다. 복이 있다고, 복을 받았다고 믿고 말하면 복이 온다. 마음의 법칙은 이처럼 놀라울 정도로 명쾌하다.

"'솔라'라는 글자 자체에서 따뜻함이 느껴져요. 따뜻하고 편안함요. 한 70퍼센트 정도요."

카이가 적은 글을 보면서 이렇게 말했다. 나는 솔라한테 느껴지는 따뜻하고 편안함이 얼마나 되었으면 좋겠는지, 원하는 수치를 물어보았다.

"그야 100퍼센트이지요."

카이의 말에 내가 바로 답했다.

"바로 그거예요. 지금 100퍼센트! 그걸 선언하면 됩니다. 직접요."

다시 카이가 말했다.

"100퍼센트입니다. 솔라한테 따뜻하고 편안함이 그렇게 느껴집니다. 맞아요!"

70퍼센트에서 100퍼센트로 껑충 뛰어올린 것은 카이 자신이었다. 마음의 법칙은 선택하는 대로 이뤄지게 되어 있다. 카이는 순간, 그 법칙을 활용한 셈이다. 완성한 복조리 코팅은 매일 가지고 다니는 카드 지갑 안에 간직하자고 했다. 스스로 만든 복조리 부적이었다.

이제 눈을 감고 복식호흡을 열 번 정도 하도록 했다. 온몸과 마음을 이완한 뒤 다음 멘트를 들려주었다.

> 나는 마음의 복조리를 가지고 있습니다. 내 마음 깊은 곳에 있는 이 복조리는 솔라입니다. 나는 솔라를 내 마음의 빛 안에 둡니다. 내가 힘들 때, 슬프거나 우울할 때, 스트레스가 많거나 기분 나쁜 일이 일어났을 때도 내 마음의 빛과 함께 솔라는 늘 나를 올바른 방향으로 이끌어준다는 사실을 믿고 받아들입니다. 내가 솔라를 부르고, 생각하면 내 마음은 회복되고 치유되기 시작할 겁니다. 나는 솔라가 빛과 함께 나를 평생, 언제나, 어디에서나 나를 이

끌어준다는 사실을 받아들입니다. 지금, 현재, 이 느낌을 고스란히 간직하고 느껴 봅니다. … …
이제 나는 내 마음 안으로 들어갑니다. 내 마음은 마치 원처럼 동그랗게 생겼습니다. 원 밖에서 점점 원 안으로 들어가 봅니다. 조금 더, 좀 더, 천천히 동그라미 안으로 들어가 봅니다. … … 네, 좋습니다. 나는 내 마음의 가장 중심 가까이에 와 있습니다. 이제 유리문을 열고 들어가면, 내 마음의 중심을 만날 수 있습니다. 제가 세 번을 세면, 문을 잡아당겨서 열고 내 마음의 중심에 들어가면 됩니다. 세 번을 세겠습니다. 하나, 둘, 셋! 이제 문이 열렸습니다. 나는 한 발자국 안으로 걸음을 내딛었습니다. 내 마음의 중심입니다. 이 방 안의 중심에 하얀 천이 덮여 있습니다. 이 천을 걷으면 너무나 찬란하고 아름답고 나만의 고유한 색깔을 가지고 있는 보석이 나타날 것입니다. 이 천을 걷어 보겠습니다. 제가 세 번을 세면 이 천의 한 자락을 잡고 당겨보시기 바랍니다. 하나, 둘, 셋! 네, 이제 이 보석을 바라보시기 바랍니다. 어떻게 생겼나요? 어떤 모양인지, 광채는 어떤 빛깔인지, 크기는 어느 정도인지 바라보시기 바랍니다. … … 내 마음의 중심에 늘 변함없이 존재해 있던 보석입니다. 이 보석에 대한 느낌을 고스란히 느껴 보시기 바랍니다. … … 보석은 내가 찾을 때마다 이렇게 빛을 발하며 이 모습 이대로 존재해 있을 것입니다. 미처 내가 생각하지 못하거나 잊어버릴 때도 이 보석은 여전히 이 모습으로 존재해 있습니다. 지금, 이 느낌을 가슴 깊숙이 간직해 보시기 바랍니다. …… 이제 제가 세 번을 세면 눈을 뜨시면 됩니다. 제가 세 번을 세겠습니다. 하나, 둘, 셋! 눈을 떠보세요!" …… 이제 세 번을 세면, 이 느낌을 그대로 간직한 채 눈을 뜨시면 됩니다. 세 번을 세겠습니다. 하나, 둘, 셋!

카이는 눈을 뜨고 나서 체험한 것을 말하기 시작했다.

"빛이 반겨주는 느낌이었어요. 빛이 반겨주면서 편안해졌어요. 마음의 중심으로 가기 전에 불투명 문이 있어서 잡아당겼어요. 문이 잘 열렸어요. 안으로 들어가서 마음의 중심을 만났어요. 그 중심에 하얀색 천이 있었어요. 천을 잡아당기니까 다이아몬드가 빛나고 있었어요. 양손 가득한 크기의 다이아몬드였어요. 아주 고요했어요. 아무 소리도 나지 않고 고요하기만 했어요. 검정 배경으로 해서는 한 가운데 다이아몬드가 있었어요. 놀랍고 새로운 느낌입니다. 아주 생생했어요!"

나는 카이한테 공책에 이렇게 써보자고 했다.

방금 눈을 감고 경험한 것은 내면의 메시지이다. 자아가 잘 알아차리지 못하는 것을 내면의 중심, 마음의 빛은 이 순간 나에게 알려주는 것이다. 카이한테 이렇게 적은 말이 어떤 의미가 있는지 말해보자고 했다.

"자신의 중심이 잡혀있어야 흔들리지 않는다."

카이는 뜸을 들이며 곰곰이 생각하다가 답했다. 나는 다시, 교훈적인 말보다 의미를 떠올려보자고 했다. 카이는 아주 재빨리 답했다.

"내면을 가꾸는, 처음으로 내딛는 한걸음"

놀라웠다. 순간, 가슴이 활짝 열리는 느낌이었다.

내면을 가꾸는, 처음으로 내딛는 한걸음

나는 이 말도 공책에 적게 하고, 원하는 색연필로 동그라미를 치도록 했다. 카이는 활기가 넘치는 주황색으로 글을 둘러쌌다.

"어제 자기 전에 웹툰을 보고 영감을 받았어요. 폰을 끄고 자면서 여러 가지 생각을 했거든요. 신이 되고 싶다는 생각도 하고요. 오늘, 이렇게 간접 체험을 한 것만 같아요."

엉뚱한 생각일 수도 있지만, 그렇지만은 않다. 신이 되고 싶다니! 인간은 당연히 신이 될 수 없다. 신이 아니기 때문이다. 신이 될 수 있다고 믿으면 과대망상 환자가 되거나 사이비 교주가 되고 만다. 그렇지만 신과 함께 할 수 있다. 그렇게 함께하는 자리는 바깥 세상이 아니다. 내 안에서 신과 만남이 이뤄지는 것이다. 전지전능한 신과 내 마음이 하나로 연결되는 끈이 내 안에 존재하고 있다. 그 끈을 '마음의 빛'이라고 한다. 나는 공책에 이렇게 써보자고 했다.

신은 언제나 늘 나와 함께하고 있다.

신을 믿지 않았던 카이. 종교가 없는 카이한테 이렇게 써보자고 한 것은 정말 기막힌 일이었다. 카이는 거부하지 않았고 이 글을 쓰고 나서 소리 내 읽으며 고개를 끄덕였다.

"신이 늘 나와 함께 하는 것, 믿어져요. 마음의 빛이 바로 신과 연결되었다는 생각이 들어요."

카이는 그동안 해왔던 심상 시치료 과정을 아주 잘 소화하고 있었다. 이렇게 '신'을 얘기할 수 있다는 것을 미처 생각하지 못했다.

원래의 계획을 가로질러 다른 차원으로 뛰쳐나간 느낌이었다. 카이는 정말 잘 해내고 있었다. 세상에, 신이라니!

카이는 이번 회기 참여 소감을 이렇게 말했다.

"차분해지는 느낌이 듭니다. 그리고 좋아진 것을 느껴요. 여자 친구와 싸우지도 않으니까요. 여자 친구도 제가 좋아졌다는 것을 눈치챘어요. 프로그램 중간부터는 아예 싸울 일이 없었어요. 그래서 참 좋아요. 선생님이 지으신 책 《관계와 소통의 달인 되기》에 이렇게 적혀 있었어요. '사랑하기 위해서는 용서해야 한다'라고요. 어제 자기 전에 든 생각인데요, 안 좋은 생각일 때는 긍정적으로 바꾸도록 노력하고 있거든요. 그렇지만 부정적인 사람한테는 어떤 말을 해야 할까요? 제가 상담을 잘 받은 게 맞는 걸까요?"

나는 이것마저도 벌써 카이가 답을 알고 있다고 말해주었다. 9회기 때 했던 내용 중에서 10년 후인 31살 때의 내가 지금, 현재의 나한테 썼던 글을 그대로 읽어보자고 했다. 카이는 소리 내 그 글을 한 번 더 읽었다.

"의문점을 가지고 부정적인 생각을 많이 하겠지만, 반대로 널 믿고 좋은 방향으로 간다면 분명 성공할 거야. 그게 지금 나, 31살의 나란다!"

"있는 그대로 나를 인정하면서 사랑으로 다독이는 멋진 메시지입니다. 벌써 부정을 극복한 31살의 내가 나한테 들려주고 있었어요."

내가 이렇게 말하자, 카이는 크게 고개를 끄덕이며 말했다.

"제가 제대로 상담을 받아왔군요. 알겠습니다!"

다음 주가 마지막 회기라서 아쉬움과 시원함이 함께 들 거라고 했다. 카이는 시간이 무척 빨리 지나간 것 같다고 했다. 이제 마지막 과제를 제시했다. 우리의 마지막은 스스로 해낼 수 있는 멋진 시작이라는 말을 해주었다. 이 말은 지난 만남 도중에 틈틈이 해줬던 말이기도 했다. 카이는 이제까지 심상 시치료 프로그램에서 해냈던 것들을 잘 녹여내어 스스로 자신의 삶을 빚어내는 예술가, 삶의 신화를 완성해나가는 주인공이 될 것이다.

첫째, 아침에 눈뜰 때 '마음의 빛' 메시지를 듣고 적어오기.

둘째, 맘부 에너지 말 하루 세 번씩 하기(자유로운 시간에).

셋째, 자기 직전 '감사합니다'라고 하기(스스로에게, 우주의 에너지에게: 나를 가장 좋은 쪽으로 이끌어주는 존재).

넷째, 운동(30분 이상), 책 읽기(1시간 이상) 5번 이상하기.

다섯째, 내가 하는 내 칭찬(하루 한 번씩 날마다): 나만의 새

'해피'가 해주기.

여섯째, 아버지, 동생한테 보내는 편지를 전하기. 전하면서 반응은 보지 않기.

일곱째, 엄마한테 보내는 사랑과 감사의 메시지-문자 혹은 카톡으로.

"편지와 함께 선물을 주고 싶어요. 그래도 될까요?"

카이가 말했다.

"어떤 것을 주고 싶은가요?"

기특한 마음을 안고 웃으면서 물었다.

"용돈요. 아빠한테는 5만 원, 동생한테는 3만 원요. 괜찮을까요?"

무엇이든 좋을 것이다. 편지를 주는 것으로도 멋진 일이다. 얼마든 액수가 중요하지 않다. 주고 싶은 마음을 행동으로 옮기는 것만 해도 빛나는 일이다.

"그리고요…… 이번 주 내로 엄마한테 전화할 거예요."

치료실 문을 열고 나가는 카이의 표정이 무척 밝았다.

열두 번째 만남

이렇게 넘어가면 됩니다

카이는 초록색 잠바와 노란색 티, 청바지 차림으로 들어왔다. 쾌활한 인상의 활기찬 이십 대로 보였다. 첫 회기 옷차림과 너무나 달라서 마치 다른 사람이 된 것만 같았다.

"일주일 동안 평범했어요. 그다지 자랑스럽게 지낸 것은 아니었어요. 과제를 잘 못 한 것도 있고요. 술도 자주 마셨거든요. 3일간 마셨는데 두 번은 중학교 때 친구하고 마셨어요. 곧 군대에 가니까 환송해야 했거든요. 또 한번은 여자 친구랑. 그리고 어제는 아빠가 아는 분이랑 술 마신다고 오라고 해서 골뱅이 소면 안주가 맛있을 것 같아서 가서 마셨어요. 적당히요. 소주 한 병에서 한 병 반 정도. 그래서 운동을 못 했어요. 마음의 갈등은 없고 가볍고 단순해졌어요. 산만해지는 느낌도 들지만, 다르게 보면 활발해지는 느낌이에요. 그리고 아버지가 편지를 읽고 마음이 따뜻해진다고 말씀하셨어요. 나는 '빨리 주무셔!' 그랬어요. 동생은 아무 말 없었어요.

사실, 쓸 때 과제냐고 물어보더라고요. 슬쩍 봐서 그런지…… '맘부에너지 말'은 하루 세 번씩 꼬박꼬박 했어요. '감사합니다'도 자기 직전에 했습니다. 이틀은 빼 먹었어요. 운동과 책 읽기는 나흘간 했습니다. 아빠가 밥을 지을 때, 저는 청소하거나 빨래 개는 것은 날마다 잘하고 있어요."

이만하면 우수한 편이다. 이제는 혼자서 스스로를 긍정으로 가는 좋은 습관을 만들어내야 한다. 마음을 다해 응원하겠다고 했다, 카이는 고개를 끄덕였다.

* 마음의 빛 메시지

10월 8일: "너그러워져!"

10월 9일: "긍정적으로 생각해."

10월 10일: "자신을 가져."

10월 11일: "자신 있게 해."

10월 12일: "부지런하게 움직여봐."

10월 13일: "마음을 다시 잡아봐."

10월 14일: "잘 할 수 있어."

* 해피가 해주는 칭찬하기

10월 7일: "잘하고 있어."

10월 8일: "잘하고 있어."

10월 9일: "긍정적으로 바라보려 하는구나. 잘했어."

10월 10일: "알바를 잘 다녀왔구나. 잘했어."

10월 11일: "알바를 잘 마쳤구나. 잘했어."

10월 13일: "편지도, 문자도 약속대로 보냈구나. 잘했어."

* 엄마한테 드리는 카톡: 엄마, 어쩌다 보니 이런 글을 쓰게 되었어. 이혼할 때 조금 다툼이 있었는데도 불구하고 나와 소통해줘서 고마워요. 군대 간다고 했을 때도 내심 버텼으면 하는 바람이었을 텐데도 얘기를 들어줘서 고마워. 그리고 엄마랑 다퉜을 때 예의 없이 굴어서 미안해. 걱정도 많이 되었을 텐데 항상 내 말을 들어주고 이해해 주려고 노력해줘서 고마워. 엄마, 앞으로도 행복하고 밝게 지냈으면 좋겠어. 사랑해요. 엄마. 그리고 오늘 하루도 고생 많았어요.

"엄마한테 전화는 10월 7일 저녁에 했어요. 명절 때 한다는 것이 깜빡해서 지금 한다고 했어요. 독감 주사 맞으셨대요. 그래서 건강하시라고 했어요. 엄마가 처음에는 왜 전화했어? 그러다가 제 말과 똑같이 그래, 건강 조심해, 라고 했어요."

오랫동안 왕래를 잘 하지 않았던 엄마한테 여전히 그렇게 할 수도 있다. 나를 버리고 간 엄마, 만나러 오지도 않은 엄마. 그 엄마를 나도 만나지 않고 연락하지 않을 수도 있을 것이다. 엄마가 사랑을 제대로 주지 않았듯이 나도 엄마를 사랑하지 않겠다고 선언할 수도 있을 것이다. 그런데 그렇게 하면, 신기하게도 에너지가 고갈된다. 내적인 에너지가 빠지는 것과 가족과는 아무런 연관이 없다고 카이는 생각해왔다. 그렇지만 그것은 사실이 아니다. 내가 나를 부인하는 것, 내 존재 자체를 거부하는 것이 바로 어머니를 외면하는 것이다. 정신적, 마음적으로 건강한 이들은 부모를 진정어린 마음으로 귀하게 여긴다. 그런 마음이 결국 나를 사랑하는 마음으로 이어질 수 있기 때문이다. 사랑하기 위해서는 용서해야 한다! 엄마는 오랜만에 연락을 해온 아들의 목소리를 듣고 어떤 마음이었을까? 그것도 건강하라는 듬직한 말을 남기는 아들의 전화를 받고 녀석이 철이 들었구나, 이런 마음을 가졌을 것이다.

그렇게 전화를 하고 나서 어떤 느낌이 들었는지 물어보았다.

"옳은 일을 한 느낌이 들었어요. 카톡을 드렸을 때는 새로웠어요. 답장이 와서 언제 한 번, 동생이랑 같이 보자고 했어요. 전에 군대 가기 전에 만나서 함께 밥 먹은 뒤로는 오래도록 못 봤거든요."

그것은 중요하고 뜻깊은 느낌이다. '옳은 일을 한 느낌'은 내 영혼의 성장을 애타게 바라고 있는 마음의 근원에 존재하는 에너지가 나한테 알려주는 느낌이었다.

오늘 준비한 심상 시치료는 '아리랑'이다. 아리랑 노래를 아는지 물어보니, "아리아리랑 쓰리쓰리랑 아라리가 났네~~~"를 불렀다. 나는 웃으면서 그 노래 말고, 본조 아리랑 노래를 함께 불러보자고 했다.

아리랑 아리랑 아라리요
아리랑 고개로 넘어간다
나를 버리고 가시는 님은
십리도 못가서 발병 난다

노래의 느낌을 말해보자고 했다.

"슬픈 느낌이에요. 누군가를 떠나보내지만, 그리워하는 것 같아요."

카이는 이렇게 말했다. 그럴 수 있다. 아리랑 고개로 넘어가는 님, 나를 버리고 가시는 님이라고 했으니. 고등학교 2학년 때, 카이가 그랬을 수 있다. 엄마가 가방을 싸 들고 집을 나갔을 때 이런 느낌이 들었을 것이다.

이제 내 인생의 고개를 그림으로 그려보자고 했다. 떠오르는 대로 고개를 나타내면 된다고 했다. 그리고 그 고개에서 지금, 현재의 내 모습을 그려보자고 했다. 나는 고개의 어디쯤을 가고 있을까? 그린 뒤에는 문득 떠오르는 느낌을 단어로 표현하고 그 이유를 적어보자고 했다. 카이는 높은 두 개의 산을 그리고 두 번째 고개의 정상을 딛고 내려가는 지금, 현재의 나를 그렸다. 그림을 그린 다음 아래에는 '힘겹다'와 '고생했어'라고 적었다.

"그림 속의 내가 나한테 말해주고 있어요. 고생했다고요."

카이가 말했다.

"제가 넘어온 고개의 첫 번째는 고등학교 때였어요. 학교 가는 것 자체가 하나의 큰 고개였거든요. 두 번째는 군대예요."

카이가 담담한 어투로 고개에 대해 설명했다. 이제 고개가 없을 것 같은지 물어보았다.

"앞으로도 있겠지요. 그래도 이렇게 넘어가면 돼요."

카이의 말에 맞는다고, 그렇게 하면 된다고 말해주었다. 이렇게 넘어온 대로, 넘어온 힘으로 또 넘어갈 수 있을 것이다. 이제 눈을 감고 복식호흡을 열 번 정도 해보자고 했다. 온몸과 마음을 이완하고 나서 다음의 멘트를 들려주었다.

나는 내가 그린 그림만큼 나는 삶의 고개를 넘어가고 있습니다. 고개를 넘고, 또 고개가 올 것이라는 사실을 잘 알고 있습니다. 하지만 살아가는 동안에 이 고개들을 넘어가지 않을 수 없다는 것도 잘 알고 있습니다. 나는 고개를 넘어가겠다고 결심합니다. 그리고 고개를 넘어가는 중입니다. 힘들지만, 걸음을 멈추지 말아야 한다는 것도 알고 있습니다. 이런 나에게 문득 하늘에서 어떤 목소리가 들려옵니다. 푸르른 하늘에서 아주 또렷하고 우렁찬 목소리로 내게 들려주는 메시지가 있습니다. 나는 이 메시지를 잘 들을 수 있습니다. 무엇이라고 말하고 있는지 그대로 메시지를 느껴보시기 바랍니다. …… 네, 좋습니다. 나는 지금 이 메시지를 마음에 담아 둡니다. 지금의 느낌은 어떠합니까? 이 느낌을 그대로 간직합니다. …… 내 마음의 정중앙에 빛이 있습니다. 이 빛은 내가 이 세상에 태어났을 때부터 함께 했으며, 내 육체가 소멸해도 없어지지 않는 늘, 항상, 변함없이 존재하는 빛입니다. 이 빛이 내 마음의 정중앙에서 언제나 늘, 빛나고 있는 빛이 존재하고 있다는 사실을 지금 받아들입니다. 이제 나는 내 안의 중심에, 내가 생명을 받고 나서부터 존재해온 빛이 있음을 압니다. 단 한 번도 이 빛은 사라진 적이 없으며, 그 어느 때 어느 순간에서도 빛은 더없이 아름답고 환하게 빛나고 있었다는 사실을 압니다. 내가 빛을 깨닫지 못할 때조

차 빛은 내 안에서 빛나고 있었습니다. 살아오면서 빛은 하나, 둘… 여러 겹의 천으로 가려졌습니다. 천의 두께와 모양과 색깔도 제각각이어서 내 나이만큼 세월이 흐르는 동안 아주 여러 겹겹의 천들이 이 빛을 가리고 말았습니다. 어느 날에는 내 안에 암흑밖에 없어서 더 이상 살아갈 의미가 없다는 생각까지 들기도 했습니다. 하지만 지금 이 순간, 나는 내 안에 너무나 아름다운 광채를 발하는 빛이 존재하고 있음을 깨닫습니다. 빛을 알아차리는 것과 동시에 빛을 가렸던 여러 겹의 천을 벗겨내는 일들을 다른 누군가 할 수 없다는 사실까지 알아차립니다. 살아오면서 내가 씌워놓았던 천이기에 나 외에는 다른 아무도 천을 벗겨낼 수 없기 때문입니다. 얼마나 오랫동안 빛을 가리는 천들을 습관적으로 둘러쳐 왔는지 알 수 없습니다. 가리고, 덧씌우는 것에 익숙해진 오랜 버릇대로 오늘도 살아가고 있었습니다. 이 순간, 내 안에 빛이 존재한다는 사실을 알게 되면서 나는 빛을 가렸던 천을 이미 벗겨내고 있습니다. 아무리 두꺼운 천이라도 순식간에 벗겨지는 것을 나는 바라봅니다. 이제, 내 마음의 한 가운데 있는 빛과 만났습니다. 빛은 말로 표현할 수 없는 광채를 뿜어내며 나를 바라보고 있습니다. 아름답게 빛나는 빛이지만, 눈이 전혀 부시지 않고, 오히려 자연스럽게 빛나고 있어서 나는 이 빛을 똑바로 바라볼 수 있습니다. 나는 이제 그 빛 안으로 천천히 들어가고 있습니다. 빛이 나의 머리끝에서 발끝까지 쓰다듬어주고 있습니다. 너무나 부드럽고 편안해서 나는 숫제 눈을 감고 있습니다. 감은 눈 위로 빛이 스며들어와서 내 눈을 어루만져주고 있습니다. 빛이 내 몸속으로 속속들이 스며드는 것을 느낍니다. 빛으로 인해 내 몸마저 환하게 빛나고 있는 것을 느낍니다. 이 빛은 지금 현재 이 순간 내 안에 있으며, 언제나 나와 함께 했으며, 앞으로도 나와 줄곧 함께하리라는 사실을 나는 지금 알고 있습니다. 이제부터 내 마음 깊숙한 곳에서, 내 마음의 한 가운데, 정중앙의 중심에서 환하게 빛나고 있는 이 빛을 고스란히 느끼고 살아가려고 합니다. 지금, 이 느낌을 그대로 간직한 채 마음속으로 세 번을 세면 눈을 뜨면 됩니다. 하나, 둘, 셋!

이번 멘트는 꽤 길었다. 고개를 넘어온 것과 함께 '마음의 빛'을 함께 연결해서 마음 여행을 갔다 왔다. 카이는 긴 여정을 잘 해내고 왔을까? 눈을 뜨자마자 카이가 말했다.

"험난하고 힘겨운 고개였어요. '잘 이겨낼 수 있다'라고 메시지가 들려왔는데 제가 자꾸만 아니라고 부정했어요. 그랬더니, 다시 '할 수 있다'라고 했고, 저는 계속 아니라고 했어요. 그러자 다시 '할 수 있다'라고 했고, 저는 아닌 것 같지만, 그래도 해보겠다고 했어요. 편안하고 성의 구별이 없는 따뜻한 목소리였어요."

놀라웠다. 카이의 체험은 예전에 내가 교회, 금요 철야 예배 때 들었던 '너를 축복하노라'라고 했던 하나님의 소리와 흡사했다. 그 때 내가 두 번 부인하다가 세 번째 받아들였듯이 카이도 결국 카이도 받아들인 것이다. 그리고 카이는 이어서 말했다.

"마음의 중심으로 들어가 보니까 빛이 있는 것을 느낍니다. 지금도 사실 미래를 생각하면 두려워요. 명상하다가도 두렵다는 느낌이 들기도 합니다. 그렇지만 빛이 있는 곳에서 빛을 바라보면, 평안해져요. 그냥, 환한 느낌에 사로잡힙니다. 있는 그대로요!"

그렇다. 누구나 미래는 두렵다. 삶은 어떻게 될지 도무지 알 수 없으니 모호할 뿐이다. 그렇지만 빛을 바라보고 빛을 떠올리면 환해진다. 그 환한 에너지가 카이를 빛 쪽으로 이끌 것이다. 두려운 가운데 고개를 들어 빛을 보게 된다면, 카이의 앞날은 눈부실 것이다.

카이는 마지막 회기의 참여 소감에 대해 환한 미소를 지으면서 말했다.

"여유가 생겼어요. 가장 바라고 있었던 것이 마음의 힘인데 그게 그대로 느껴졌어요. 요즘은 알바도 마음을 비우고 일하니까 편해졌어요. 사장님이 저보고 원래 폐급인데, 많이 좋아졌구나! 그랬어요. 원래 일을 잘못하면 자르거든요. 그런데 저는 계속 일을 하게 하고, 이제는 평일에도 하루 더 일할 것 같아요."

카이의 말 어디에서도 구김살을 볼 수 없었다. 긍정 자체로 변한 카이! 이 기적은 우리가 경험했지만, 사실 신이 한 것이다. 이제 최종 참여 소감을 말할 순서였다.

"졸업하는 기분이에요. 미묘해요. 3개월이나 했잖아요. 처음에는 큰 변화를 없는 것 같은 기분이 들고 앞으로 잘 해낼 수 있을까? 등등 복잡한 생각이 들었어요. 예전에는 이렇게 해야지, 저렇게 해야지 하고 생각만 했는데 그러지 않고 이제는 제가 마음먹은 대로 행동으로 하고 있어요. 여기서 했던 과제 공책 말고, 제가 혼자 기록하는 메모가 있는데요. 프로그램 초반에는 잘 모르겠다, 좋아질 수 있을까? 했는데 중반 이후로는 좋아진 것을 느끼면서 그렇게 메모를 했어요. 그리고 믿지 않은 것보다 믿어보고 얻는 게 있지 않을까 생각하며 끝까지 해냈습니다. 그 메모는 혼자 일주일마다 하는 건데, 이 프로그램을 마치고 제 느낌을 기록하는 거였거든요. 그 메모가 어느 날부터 긍정으로 바뀌어 갔어요."

그 메모는 처음 듣는 말이었다. 일테면 비밀일기 같은 거였다. 카이는 스스로 비밀스럽게 자신의 변화를 객관적으로 들여다봤던 것이다. 엄중하게 자신을 파악해보니, 역시 '긍정'을 향해서 발을 내딛고 있었다는 것이다. 그것은 분명 5회기 때, '긍정'을 스스로 선택하고 나서부터였다. 알고 보면, 카이는 자신이 선택한 것에 책임을 질 줄 아는 사려 깊은 청년이다.

나는 박수를 보내며 축하해주었다.

다음으로 싱잉볼을 연주했다. 태양을 상징하는 금, 달의 은, 수성의 수은, 금성의 구리, 화성의 철, 목석의 주석, 토성의 납을 골고루 넣어서 만든 싱잉볼은 인체 에너지 중심점인 차크라를 열고 뇌파를 알파파로 해주는 탁월한 소리를 낼 수 있는 악기다. 잠시 눈을 감고 나만의 새, 해피를 느껴 보라고 했다. 은은하면서 장중한 싱잉볼의 소리가 치료실 가득 울려 퍼졌다. 이윽고 눈을 뜬 카이가 밝은 음성으로 말했다.

"해피새가 하늘을 날고 있어요!"

감동적인 순간이었다. 내 마음의 눈에도 작고 보드라운 털을 가진 노란색 해피새가 귀여운 날개를 펼치며 날고 있었다. 자유롭고 행복했다.

나는 지금까지 해낸 극복의 힘이 바로 성공이라고 하면서 이렇게 해낸 성공의 힘이 앞으로 만날 고개를 능히 넘어갈 수 있는 힘으로 작용할 거라며, 앞날을 축복해주었다. 치료실 문을 나서기 전 카이는 질문이 있다고 했다. 《관계와 소통의 달인 되기》 책에 나오는 최승호의 〈얼음의 자서전〉이라는 시에서 '오만하다'라고 표현한 시어를 가리키며 이렇게 생각하는 이유가 어떤 맥락 때문인지 물어보았다.

시에서 '나'는 얼음이다. 세상은 차갑고 냉혹하다. 아버지부터 선생, 독재자, 하느님까지 얼음 아닌 존재는 없을 지경이다. 얼음을 생산하고, 얼음이 되고, 다들 서로의 얼음이 되고자 열심이었다. 나도 얼음이 되는 것이 당연하다고 여겨왔다. 얼마나 딱딱하게 얼어붙었는지 말도 못 할 지경이다. 내 주위는 빙벽으로 둘러싸여 있고, 아무도 내 안에 들어올 수 없었다. 사랑 따위는 없었다! 그 차가운 시간 속에서 오랫동안 머물렀고, 그게 다라고 생각해왔다. 그게 바로 '오만'인 셈이다. 내 생각 속에 갇혀서 타인의 생각과 마음을 들여다볼 생각도 이유도 내지 않았다. 오로지 나만 보였다. 내가 힘든데, 누구를 보란 말이야! 이렇게만 생각하며 타인과 세상은 거들떠보지도 않았다. 그런데 인제 와서 생각해보니, 그렇지 않았다. 세상이 아니라 내가 얼음 안에 갇혀 있으면서 얼음만 본 것이다. 세상은 그대로인데 나 혼자 얼음 안에 갇혀 허우적대며 세상을 욕하고 타인을 욕했던 것이다. 이렇게 차가운 세상! 뭐, 이따위가 다 있어! 그렇게 울분을 터뜨리며 살아왔다. 그렇게 내가 스스로 꽁꽁 얼어붙은 채 얼음의 세월을 살아왔던 것이다. 해빙기가 되어 얼음 밖에 나와서야 비로소 그 시기가 빙하기였다는 것을 알아차리게 되었다.

이 시는 바로 카이의 이야기를 압축해 놓은 시이기도 했다. 나는 《관계와 소통의 달인되기》라는 책에서 이 시를 인용하고, 시의 아우라와 인간관계를 연결지어 치유비평을 했다. 더구나 심상 시치료로 자신을 탐색하고 성장할 수 있는 기법을 누구라도 할 수 있도록 매뉴얼처럼 덧붙여 놓았다.

카이는 어떻게 알았을까. 자신에게 해빙기가 막 시작되었다는 사실을!

마음의 빛을 찾아서 - 참여 소감

카이님의 심상 시치료 '마음의 빛을 찾아서' 프로그램의 목적은 다음과 같습니다.

자신의 내면을 탐색함으로써 살아나갈 수 있는 근원적 힘을 자각하고 이를 체득한다.

본 12회기를 통해 심상 시치료 프로그램이 위 목적과 얼마 정도, 몇 퍼센트 부합되었다고 생각하는지, 또 그렇게 생각하는 이유는 무엇인지 솔직하게 적어보시기 바랍니다.

: 80퍼센트. 나 자신을 돌아보고 그렇게 하는 힘은 생긴 것 같지만, 삶의 의미를 보게 되면, 아직 답을 내리지 못해서이다.

본 심상 시치료 프로그램 '마음의 빛을 찾아서'를 통해 얻게 된 점을 적어보시기 바랍니다.

: 나 자신을 들여다보게 되었고, 부정적인 생각을 하다가도 멈추고 긍정적으로 바라볼 수 있게 되었다. 여유가 생겼고, 차분하게 생각을 정리할 수 있게 된 것 같다. 중요한 것은 마음의 중심이라는 사실을 깨달았다.

심상 시치료사한테 해줄 말씀을 자유롭게 적어주시기 바랍니다.

: 처음에는 의심도 했던 것 같다. 내가 나아질 수 있을까? 이걸 한다고 달라질까? 도움이 될까? 그런 의심들이 많이 들었다. 그래서 믿지 않았던 적도 있었던 것 같다. 그래도 믿지 않는 것보다 믿어보고 얻을 수 있지 않을까 생각을 하며 다닌 보람이 있다. 여기 다 적을 수 없는 많은 것을 얻었고, 배웠다.
매주 하루뿐 아니라 항상 저를 생각하고 응원해주셔서 감사드립니다. 12회기 동안 신경 써주셔서 감사합니다. 고생하셨습니다. 앞으로도 좋은 인연으로 이어갔으면 좋겠습니다. 덕분에 좋아졌습니다. 감사드립니다.

일주일 뒤, 카이의 카톡으로 프로그램 전과 후에 대한 심리검사 결과를 이렇게 보내주었다. 사전보다 사후에 모든 척도가 긍정으로 변화되었다. 변화의 수치도 엄청 높았다. 카이는 자기성찰을 하게 되고 자기효능감과 자아존중감도 증가하게 되었다. 반면, 스트레스나 불안, 우울은 의미 있게 감소했다. 특히, 우울척도의 경우 프로그램의 전에는 '중등도의 우울증'이었으나 프로그램 후에는 '정상'이 되었다.

빛나고 멋진 카이의 아름다운 행복을 위해 기도드린다.

척도 명	프로그램 전	프로그램 후
자기성찰지능 척도	74(하)	122(상)
자가평가우울 척도	65 (중등도의 우울증)	47(정상)
자기효능감 척도	63(하)	75(중)
자아존중감 척도	15(하)	26(중)
스트레스 척도	43(중)	27(중)
불안척도	12(정상)	1(정상)

나가는 글

마음 여행의 터널을

빠져나오며

이 책은 여행을 기록한 글입니다. 마음 여행을 완주한 아주 독특한 기록이지요. 여행을 하기에 마음의 대지는 늘 평탄하지만은 않습니다. 여정 또한 쉽지 않지요. 바닥을 알 수 없는 웅덩이에 빠지기도 하고, 깊은 동굴을 헤매기도 합니다. 어둑해진 길 위에서 엄습하는 불안에 몸서리치기도 합니다. 그렇더라도 포기하지 않고 여행을 멈추지 않다 보면 깨닫게 됩니다. 피하지 않고 어둠 속을 걸어가다 보면 결국에는 빛을 만날 수 있다는 사실을요. 그러니 어둠의 정체는 동굴이 아니라 터널입니다. 어떤 곳에서 시작해 다른 곳으로 넘어갈 수 있는 터널 말입니다. 결국 터널을 통과하는 것이야말로 성장이라는 사실 또한 깨닫게 됩니다. 그것은 어둠 안으로 들어가서야 비로소 경험할 수 있는 일입니다.

처음 가보는 길이 그렇듯 신기하고 두렵습니다. '마음 여행'도 그렇습니다. 마음 안으로 들어간다니 어쩐지 썩 마음이 내키지 않았습니다. 그렇지만 고생하면서 오른 곳에는 놀랄만한 장관이 눈앞에 펼쳐져 있었습니다. 훌륭한 풍광이 그렇듯이 신의 놀라운 작품을 마주하게 된 것입니다. 그리고 이내 모든 것에 신의 숨결이 스며들어 있다는 것을 알아차리게 됩니다.

여행은 험난한 산과 깊은 호수, 거침없이 흐르는 계곡물과 엄격해 보이는 바위를 만나기도 합니다. 가파르고 좁은 길, 질척이는 진흙과 뾰족한 돌멩이가 널려 있는 길을 걸어가야만 합니다. 그렇게 걷다 보면 마침내 터널과 마주치게 됩니다. 한 걸음을 터널 안으로 내딛습니다. 어둠이 한가득 담긴 터널이지만, 걸어 나갈 용기를 낼 수 있었던 건 우연이 아니었습니다. 마치 지금 이 책을 펼쳐 든 여러분과 저, 혹은 만나기 이전부터 이미 만난 여러분과 저처럼요. 그렇게 터널 끝에 다다르면 점차 퍼지는 환한 빛 안으로 들어서게 됩니다. 그러니 결국 이 마음 여행의 목적지는 바로 '빛'인 셈입니다.

인간의 마음에는 '빛'이 존재합니다. 인간의 속명 '호모'에 빛이라는 라틴어를 붙이면 '호모룩스Homo lux'가 됩니다. 이 특별한 여행을 함께 할 수 있어서 정말 기쁩니다. '호모 룩스'의 아우라를 만나러 오신 당신의 손을 가만히 잡아 드립니다.

마음 여행은 사실 설렘보다 두려움이 컸습니다. 내 마음을 도무지 나도 종잡을 수가 없을 때가 많았기 때문입니다. 마음 안에 도대체 뭐가 있을지 몰라서 바깥에만 시선을 돌리곤 했습니다. 이유를 밖에서 찾자니 안으로는 셀 수 없이 많은 불평과 불만이 쌓여만 갔습니다. 세상은 비틀어지고 냉혹하고 모순투성이였지요. 마음 따위는 팽개치고 해야 하는 일에만 집중하기도 했습니다. 때로는 하던 일도 무의미해져서 포기하고 싶기도 했습니다. 그러니 마음 여행은 엄두도 낼 수 없는 여행이었습니다.

그렇게 엉망진창으로 살았던 내게 마음 여행 티켓이 주어졌습니다. 욕심만 가득 찬 내 손에 도대체 누가 놓아두었을까요? 티켓은 유통기한이 분명했습니다. 내가 숨 쉬고 있는 동안이었습니다. 그 때가 언제까지인지는 모르겠지만 말입니다. 유통기한이 아직 남아 있던 어느 날, 용기를 내어 마음 여행을 떠났습니다. 생각한 것보다 더 끔찍했고 더 아팠지만, 찬란했습니다. 터널을 마주할 때는 걸음이 얼어붙어서 앞으로 더 나아갈 수도 없었지요. 어둠은 나를 옥죄고 걸음을 멈추라고 명령을 내리는 듯했지만, 그것은 사실이 아니었습니다. 내가 어둠에 짓눌려서 어둠에 복종하며 타협하려고 든 것이었지요. 그것을 알아차린 순간부터 걸음에 가속이 붙기 시작했습니다. 절대 걷힐 것 같지 않던 암흑이 서서히 열어졌습니다. 그것은 터널 끝에서 매달려있던 빛 때문이었습니다. 빛은 어둠을 콕 찌르는 바늘만 하다가 점점 커지고 있었습니다. 걸어갈수록 빛은 바늘에서 방망이, 접시, 공, 달 모양으로 변해갔습니다. 암흑이 입을

막으며 뒷걸음질 치고, 빛은 마침내 '문'이 되어서 맞이해 주었습니다. 그것은 놀랍게도 새로 태어난 순간이기도 했습니다. 아름답고 고귀한 순간이었지요. 지금, 이렇게 '마음의 빛 여행기'를 손에 들고 함께 온 당신도 이 문을 통과하고 있습니다.

터널을 통과한 이 독특한 여행담은 끝이 아닙니다. 주어진 삶만큼, 성장을 응원하는 기운을 담고 터널들이 존재합니다. 하나의 터널을 통과할 때마다 장중하고 고귀한 선율로 연주하는, 들리지 않는 하늘의 오케스트라를 만나게 됩니다. 여기, 빛의 문 어귀에 이르러 울려 퍼지는 축복의 화음에 발을 맞춰서 우리 함께 행진해 볼까요?

*** 심상 시치료: 심상 시치료(Simsang-Poetry-Therapy)는 통합 예술·문화 치유로 감성과 감수성의 힘으로 마음의 회복과 성장, 성찰과 통찰을 함으로써 궁극적으로 영혼을 치유하는 것을 목적으로 하며, 2011년부터 학계에서 공식 인정을 받았으며, 계속 발전하고 성장하는 정신·심리치료이다.

*** 프로그램 기법: 프로그램 기법은 우리 문화·예술을 활용한 심상 시치료로 2021년 오도스 출판사에서 출간한 《치유의 빛—우리 문화 예술 속에 담긴》 책에 나와 있는 기법으로 진행하였다.

*** 내담자한테 사용한 심리검사에 대하여: 스트레스는 인간이 적응하기 어려운 환경에 처할 때 느끼는 심리적, 신체적 긴장 상태를 말하며 지각된 스트레스 척도를 한국 실정에 맞게 번안한 박준호, 서영석의 도구를 사용하였다. 준(Zung)의 자기 평가 우울척도는 가장 널리 사용되는 성인 우울증의 검진 척도로 우울의 증상을 심리적 및 생리적인 우울로 구분한 대표적인 척도이며, 준(Zung)의 척도를 토대로 개발한 한국형 자가평가 우울척도를

사용하였다. 불안 척도는 불안의 인지, 정서, 신체적 영역을 측정하면서 우울로부터 구별하기 위한 척도로 벡(Beck)이 개발하고 권석만이 번안한 척도를 사용하였다. 자기 효능척도는 자신의 능력을 스스로 믿는 정도를 나타낸 것으로 김아영, 차정은의 것을 김아영이 수정한 일반적 자기효능감 척도를 사용하였다. 자아존중척도는 개인이 스스로 지각하는 자기 자신에 대한 평가의 정도와 자기수용 정도를 측정하는 도구로 로젠버그가 개발하고 전병재가 번안한 척도를 사용하였다. 자기성찰 지능은 안체윤, 오미경의 성인용 자기성찰 지능 척도를 사용하였다. 이는 자기 자신의 정서와 능력에 대해 이해하고 조절하며 미래를 설계하는 능력으로 모든 지능의 작용에서 기본이 되고 다른 지능들을 활성화하는 동인으로써 개인의 자아실현을 위해 매우 중요한 지능을 의미한다.